いけないセクハラ講座《こうざ》

森本あき
AKI MORIMOTO

イラスト
卍 スミコ
SUMIKO MANJI

Lovers Label

C O N T E N T S

偽物《にせもの》はいらない。
本物が欲しい。

1

「いや、だって、それは…」

山本旭希《やまもとあさき》は困惑《こんわく》しながら、大井長生《おおいちょうせい》を見た。

「どう考えても、無理じゃない？」

「まあな」

長生は、あっさりうなずく。旭希は、ほっと胸を撫《な》で下ろした。

うんうん、そうだよね。ちょっと言ってみただけだよね。

だけど、そんな旭希の希望的観測は、あっさりと覆《くつがえ》される。

「そんなのは、俺もわかってる。だけど、しょうがないんだ。引き受けてくれそうなのが、旭希しかいないんだから」

「…は？」

意味がわかんないんだけど。無理だと知っていながら、それでも、旭希に頼みにきたってこと？

…うん、すっごくありえる。長生らしい。

そして、ものすごく不本意《ふほんい》なことに、この先の展開も読める。旭希が口をはさめないほど、長生が、だだーっとしゃべって、旭希を丸めこむのだ。

それが、いつものパターン。中学のころから、まったく変わっていない。

でも、今回は、うっかり引き受けるわけにはいかない。生徒会長選の応援演説《おうえんえんぜつ》やレポートの代筆《だいひつ》とかとはちがうんだから。

なあ、頼む、旭希しかいないんだ。

毎回毎回、その言葉にほだされて。

しょうがないなあ。

最後には、ため息まじりにそう答えることになる。

詐欺師《さぎし》になればいいのに。

いやみまじりで、よく言っていた。

きっと、長生には、みんな、だまされるよ。

長生は、そんな旭希の言葉にも、そうかもな、と余裕《よゆう》の笑顔を返す。

だけど、犯罪《はんざい》って割にあわねえじゃん？　どっちかっていうと、詐欺師はこういうことをしますよ、って教えて、金もらうほうがいい。

高校時代の他愛《たわい》もない話のはずだった。まさか、長生が本当にそんな職業に就《つ》くことになるとは。

インターネットが発達して、世の中はものすごく便利になった。なりすぎた、と言ってもいい。ネットを通じて個人情報を送ることは、本当は怖《こわ》いことのはずなのに。だれもが気軽にやっている。

たとえば、通販サイト。デリバリー。商品や賞金がもらえるアンケート。

ハガキの裏に住所、氏名を書いたら、上から保護《ほご》シールを張るぐらい神経質な人でも、ネットに関してはまったく気にしなかったりもする。暗号化《あんごうか》により守られています、という文字を、なぜか信用してしまう。

インターネットは安全なんかじゃない。どんなにセキュリティを強化しても、それをすりぬけるハッカーがいる。新しいセキュリティを作れば、相手も破《やぶ》ろうとあの手この手で攻めてくる。いたちごっこがつづくばかり。

コンピュータが最高の遊び道具。

そんな人たちにとって、他人のカードで買い物をしたり、預金をすべて引き出したりするのは、ものすごく簡単なことだ。犯罪者になるもならないも、考え方ひとつ。ただ、実行するとなったら、すべてが気づかないうちに行われる。だれがやったのかをつきとめることは不可能に近い。

いくつものプロキシサーバーを経由《けいゆ》して、隠《かく》されるＩＰアドレス。運よくたどりつけたとしても、そのときにはすでに本人は消えたあとだ。なくなったお金はあきらめるしかない。

ネットは危ない。

　いくつものネット犯罪や、個人情報の大量流出騒ぎを経《へ》て、その共通認識ができたころ、長生はひらめいた。天性《てんせい》の勘《かん》というか、先見《せんけん》の明《めい》というか、そういうものが長生には備《そな》わっているのだ。

「インターネットの危機管理《ききかんり》を商売にすりゃいいんじゃね？　いまなら、競争相手も少なそうだし。俺、やってみよっかな」

　長生が言い出したとき、旭希は吹《ふ》き出《だ》した。目のつけどころはいいけれど、絶対に不可能だと思ったから。

　だって、長生は、コンピュータに詳《くわ》しくはない。ネット通販すらやらない。パソコンを持ってはいるものの、たちあげることすらほとんどない。なのに、ネット関係の会社に入るなんて、無謀《むぼう》すぎる。

　そんな旭希の考えは甘かった。長生を完全に見誤《みあやま》っていた。

　長生はその手の会社に入社するつもりなんてなかったのだ。

　つぎに長生に会ったとき、一枚の名刺《めいし》を渡された。

『ＯＣＲＩＭ』

　まず目に入ったのは、そんな文字。

「オクリム？」

「そう。Ooi Crisis and RIsk Management、って下に書いてあるだろ。大井危機管理って意味なんだけどさ」

「クライシス・アンド・リスクマネジメント?」

なんだ、それ。聞いたこともない。

「ああ、クライシスマネジメントっていうのは、何かことが起こってから対処《たいしょ》するやつで、リスクマネジメントは、ことが起こる前に防《ふせ》ぐやつ。両方やりますよ、だから、何が起こっても大丈夫ですよ、ってこと」

「へー」

知らなかった。こういうことをしゃべらせると、長生は説得力がある。

「で、その名刺の大文字のところがあるだろ」

「あ、ホントだ」

大文字と小文字に別れている。これは、わざとなのか。

「その部分をとって、オクリム。いやー、迷《まよ》ったし、悩《なや》んだ。やっぱさあ、日本人は横文字に弱いから、会社名が大井危機管理会社とかだと、絶対に相手にされねえじゃん。これだと、なんか、かっこよくね?」

「あー、そうかもね…」

正直、変な名前、と思った。どっちかというと、大井危機管理会社のほうがいい。信用できそうな気がする。

怪《あや》しい宗教《しゅうきょう》みたいな名前だし、やめたほうがいいんじゃない？

出かかった言葉を飲み込んだ。いままで、旭希のアドバイスを長生が聞いたことなんてない。そして、旭希のほうが正しかったことも、ほとんどない。

会社を作るとしたら、こんな名前にしたいな。

たぶん、そんな軽い気持ちで作ったのだろう、と思っていた。就職活動は大変なんだぜ、と嘆《なげ》いてばかりいたころだから、ちょっとした逃避《とうひ》なのだと。

「というわけで、旭希もどうよ？　うちの客にならね？　友達価格で安くするよ」

長生の言葉が、きちんと意味をもって脳《のう》に到達するまで時間がかかった。到達したあとも、理解するのを拒否《きょひ》するみたいに、聞き間違いだと思い込んだ。

「…もしかして、会社つくったの？」

恐《おそ》る恐《おそ》る聞いてみたら、あたりまえだろ、といばられた。

あのときの気持ちは、いまでもよく覚えている。どうとも表現できない、自分でもよくわからない、そんな感情があるのだと初めて知った。

混乱。困惑《こんわく》。不安。疑惑《ぎわく》。

ほかにもたくさんのマイナスな感覚を混ぜて、ごちゃごちゃにしたもの。それが、旭希の中でぐるぐると回っている。

だけど、何も言えなかった。

うち、ホームページとかないから。

そうやって断るのが精いっぱいだった。

まあ、何かあったら気軽に相談しろよ。

明るい表情で帰っていく長生の後ろ姿を見て、心配だけが残った。

ネットにもコンピュータにも詳しくないのに大丈夫なんだろうか。だいたい、まだ長生は大学生で、卒業もしていないのに、会社なんて興《おこ》してしまって、どうするんだろう。ちゃんと両立できるんだろうか。起業のためのお金はどこから出たんだろう。

なんの経験もないのに、会社なんてやっていけるのだろうか。

旭希の父親は喫茶店《きっさてん》を経営していて、高校を卒業すると同時に旭希も家業に入ったので、商売の大変さはよくわかっている。いい日もあれば、悪い日もある。なんの保障《ほしょう》もない。いつまでつづけていけるのか、その不安はつねにつきまとう。

幸い、いまのところ順調だけれど、安いコーヒーを出すチェーン店が近くにできたら、どうなるかわからない。

需要《じゅよう》がありそうだから、会社をつくってみた。

そんなふうで、うまくいくわけがない。父親が苦労していた時代を知っているから、なおさら、そう思う。

やっぱ、やーめた。

経営が傾《かたむ》いたら、長生はあっけらかんと言い放ちそうだ。だけど、いったん興した会社は簡単に捨てられない。

やっぱり、長生はまちがってる。今回は、その確信がある。

なのに、結局、正解だったのは長生。

長生の会社は、あっという間に大きくなった。こんなにうまくいくものなのか？　と長生本人も首をかしげるぐらい、顧客《こきゃく》は順調に増えていく。

きっと、俺が優秀なエンジニアをいろんなところから引き抜いてきたからだな。

長生はいばってそう言うけれど、実際のところ、顧客の半分以上は長生の口のうまさでもぎとったんじゃないか、と旭希は思っている。

ネット犯罪から守ってくれる詐欺師。

揶揄《やゆ》をこめて、長生をそう呼ぶこともある。

最近では長生自身もかなり有名になってきて、若き実業家《じつぎょうか》として、いろんなところから講演の話が舞い込むらしい。どうすればビジネスを成功させられるのか、だの、クライシスマネジメントとリスクマネジメントのちがいについて、だの、二時間ぐらい適当にしゃべっては金をたくさんもらってくる仕事、と長生はにこにこ顔で言っている。

口から生まれた、と周り中に思われている長生には、ものすごくあっているのだろう。講演回数はだんだん増え、地方にも呼ばれるようになった。コメンテーターになりませんか、とテレビ局から話がきてるらしいが、それはすべて断っているのだとか。

理由は簡単。

「ネット関係でつっこまれたら、さすがにわかんねえから。まさか、社長がパソコン使えない会社なんかに依頼しねえだろ、だれも」

講演ならごまかせる。コメンテーターは無理。

自分のことをよくわかっている長生ならではの冷静な判断だ。

長生が起業してから五年が過ぎても、会社は順風満帆《じゅんぷうまんぱん》。あんなに心配したのはなんだったんだ、と旭希はため息をつきたくなる。

旭希の喫茶店も、まだまだつぶれそうにない。ランチタイムには、外に行列ができるほどはやっている。ありがたいことだ。

長生は、会社にいても、ほとんどやることがないので（コンピュータ関係は何もわからないんだから、当たり前だ）、よく旭希の喫茶店にやってくる。お店が暇《ひま》なときを狙《ねら》ってやってくるから、旭希も休憩《きゅうけい》をもらって話をするのが楽しみのひとつだ。

中学で出会って、高校も一緒で、それから先、進路は分かれたけれど。それでも、こうやって縁《えん》はつづいている。生きてきた半分以上は、ずっと友達でいるのだ。

だから、長生の性格はよくわかっている。長生だって、旭希のことを知りつくしている。

「なあ、旭希」

長生は両手を顔の前であわせた。そのまま、頭を下げる。

「このとおり、頼まれてくんね？」

ずるい、と思った。どうすれば旭希が折れるのか熟知《じゅくち》していて、その手を使ってくるなんて。

本当にずるい。

でも、今回だけはうなずけない。聞けない頼みもある。

「会議んとき、コーヒー頼むから」

ぴくっ、と動いてしまったのを、絶対に長生はわかっている。

「ちょうど、うちのやつらが、うまいコーヒー飲みたい、って話してて。じゃあ、今度、ちゃんとした店のをとってやるよ、って、つい言ったんだよな。俺が知ってる、うまいコーヒー店って、旭希んとこだけだし」

うわあ、そうきたか。

旭希は、心の中で、大きな大きなため息をついた。

コーヒーの配達は、店にとってはとてもありがたい。お店の空間を提供《ていきょう》せずにすむのに、かなりの数を出せるからだ。

そして、うまいコーヒーは旭希んとこだけ、という言葉も、旭希の自尊心《じそんしん》をくすぐる。

本当に、すべてを知られている。そのことが、ものすごくむかつく。

だけど、これを断れるほど、旭希は損得勘定《そんとくかんじょう》ができないわけじゃない。

「配達は一回だけ？」

そう、旭希だって成長している。交換条件《こうかんじょうけん》すら出せなかった高校時代まではちがうのだ。

「何回ならいいんだ？」

「そうだね。会議の人数にもよるよ。週に何回、何人で、とか、情報がないと」

「旭希も、立派な後継者《こうけいしゃ》に育ってるな」

目を細める長生を、旭希はにらんだ。

「そうやってごまかそうとしてもムダだからね！　早く言いなよ」

「ちっ、見破《みやぶ》られたか」

長生は悔《くや》しそうに舌打《したう》ちする。

「ふふん、ぼくだって負けてばかりじゃいられないからね。で、どうなの？」

「そうだなあ。全体会議が週に一回あって、それには三十人ほど出る。そのときに配達してもらうのを三か月つづけてもらうのでどうだ」

「いいよ！」

こんなの、即答《そくとう》に決まってる。一か月で百二十人ほどお客が増える計算なんだから。

「それでいいのか？」

「…え？」

長生は、ぽかん、と旭希を見た。

「交渉《こうしょう》しねえの？」

「なんで？」

「やってもらうこと考えたら、一年ぐらいが妥当だと思ってたから、まずは三か月で様子見て、半年ぐらいで手を打てればいい、と思ってたんだが」

　長生はくすりと笑う。

「旭希、商売下手だな」

「さっきの、なし！」

　旭希は、ぶんぶん、と両手を振り回した。そうだ。いくらなんでも三か月は短すぎる！　ああ、ぼくのバカバカ！　もっと、よく考えないと！　長生が、最初から、一番いい条件をもってくるはずないじゃないか！

「いいよ、って言っただろ。あ、時間だ。ごちそうさま」

　長生は四百円をテーブルに置いて、立ち上がる。いつも、値段ぴったり。おつりを渡す必要もない。

「じゃあ、また連絡するわ」

　ひらひら、と手を振って、長生は出口に向かった。追いかけようとしたところで、女性客が五人ほど入ってくる。

「いらっしゃいませ！」

旭希は接客用の笑顔になった。これで、休憩も終わり。

長生をつかまえることもできなくなった。

本当にまったく。

旭希は内心でつぶやく。

どこまでも運がいいんだから！


『男性のためのセクハラ講座』

表紙にそう書いてある冊子《さっし》を手にとってみたものの、旭希はそのままもとに戻した。中を読む気には、いまはなれない。

「待たせたな」

長生が部屋着に着替えて、部屋に入ってくる。旭希は、おずおずと口を開いた。

「ねえ、やっぱさあ」

「やるぞ」

まったくもって、話を聞かない。旭希の決意が鈍《にぶ》ってしまった、とわかっているときなら、なおさら。

本当に、長いつきあいはやっかいだ。

「貴重《きちょう》な土曜の夜に、ダラダラやってらんねえからな」

「土曜にしよう、って言ったの、自分じゃん」

旭希にしてみれば、何曜日だって、いやなことには変わりない。

「しょうがねえだろ。旭希の店が日曜休みなんだから。ていうかさあ、前から思ってたんだけど、日曜休みにしてメリットあんの？　休日だからこそ、人がたくさん来るんじゃね？」

「そうでもないんだよね」

旭希のお店は、比較的《ひかくてき》オフィス街が近いせいか、平日のほうが人が入る。営業の人が外回りの途中で休憩してくれたり、お昼はＯＬさんたちがランチに来てくれたり。長生との契約《けいやく》みたいに、会議のときにコーヒーを頼んでくれるところもある。なので、平日のほうが稼《かせ》げるのだ。レストランみたいに食べ物が主戦力じゃないからか、休日だと、がくっと人が減《へ》る。

一度、父親がどうしても抜けられない用事ができて日曜を閉めたところ、そのことに常連さんはまったく気づいていなくて、父親はがっくりしたらしい。それ以降、日曜が定休日となった。それまでは毎日開けていたので人のやりくりが大変だったけれど、一日休むだけで、だいぶ楽になった。光熱費、人件費が抑《おさ》えられて、純利益《じゅんりえき》もあがった。最近では、土曜も休もうか、と言い出しているが、それには母親が大反対している。

土曜ぐらいは、ゆっくりさせてよ。

それが、母親の言い分。母親は、結婚する前も、結婚してからも、ずっとおなじ会社に勤めている。役職もついていて、かなり忙《いそが》しい。お店は夜八時まで開けているのだけれど、営業が終わって、あと片づけをして、徒歩十分の場所にある家に戻っても、まだ母親は帰っていなかったりする。そのぶん、かなりの高給《こうきゅう》取りだ。

父親が、喫茶店をやりたい、と普通なら大反対するような、とんでもないことを言い出しても、好きにすればいいわよ、売り上げがトントンぐらいなら、あたしの稼ぎでなんとかなるでしょ、とまったく動じなかったらしい。

月曜から金曜まで忙しく働いてるんだから、土曜ぐらい、だれもいない家でのんびり過ごしたい。だから、土曜まで休むのは許さない。

母親に苦労をかけたことがわかっているから、父親はそれに従う。それに、もともとやりたくて始めた仕事だ。できるだけ、お店にいたい。

父親も旭希も、喫茶店にいると落ち着く。自分のところだけじゃなくて、日曜日、出かけた先にチェーン店じゃない喫茶店があると、ふらり、と入ってしまう。大当たり！　と嬉《うれ》しくなるときもあるし、これ、インスタントじゃないの？　と顔をしかめてしまうときもある。それでも、自分の住んでない街で、喫茶店が元気に営業していると、なんだか、心がふんわりするのだ。

…で、なんの話をしてたんだっけ？　あ、そうだ、そうだ！

「長生はさあ、日曜に喫茶店に行く？」

「行かねえなあ。日ごろ、死ぬほど行ってるし」

「そうなんだよねえ」

旭希はうなずいた。

「常連さんって、会社員の人が多いから。みんな、わざわざ、電車に乗ってまでうちに来ないでしょ」

「ふーん、そっか。なるほど。オフィス街の飲食店とおなじなのか。喫茶店だから、ふらっ、と休日に入る客も多いかと思ってたんだけどな」

「そうでもないんだよね」

たまに、居場所がないのか、休日の父親っぽい人がやってくるけど。一杯のコーヒーでねばるから、客単価はあがらない。そんな人たちばかりだと、完全に赤字だ。

「ま、どうでもいいんだけど。聞いてみただけだし」

出たよ、このいいかげんさ。ホント、腹立つ。

「じゃあ、もう二度と質問には答えないからね！　まともに答えたのに、バカみたい」

「そう、ぎゃんぎゃんわめくな。日曜に開けないのはもったいないなくもなんともない、ってことがわかっただけで、俺は満足だ。それよりも、本題はこっち」

長生は冊子を取る。

「読んだか？」

「興味がないから、読んでないよ」

さっきのお返し。それを理解してるから、長生はにやりと笑うだけだ。

「まあ、興味なんてなくてもいいんだが。俺ひとりじゃ、さすがに再現がむずかしいからな。ここは、なんでも俺の言うことを聞いてくれる…もとい」

長生は、こほん、とせきばらいをした。旭希は長生をにらむ。

「中学時代からの親友で、俺が心から信頼している旭希に、相手役を頼んだわけだ」

「ものは言いようだよね」

旭希は、ふん、と鼻を鳴らした。こういうことに慣れっこになってしまって、あんまり腹が立たないのが悔しい。

「で、具体的には何をするわけ？」

喫茶店に押しかけてきたとき、長生が言ったのは、今度、セクハラに関して講演するから、その練習相手になってくれ、だった。練習相手というのがよくわからなくて、もっと突っ込んで聞いたら、どういうのがセクハラになるのか、実際にやってみる、とのこと。

だから、断りたかった。そんな相手、したくなかった。

なのに、わざわざ土曜の夜に長生の部屋にやってきてしまっている。

まったくもって、不本意だ。セクハラされる相手役なんて、やりたくない。

『男性のためのセクハラ講座』と銘《めい》打《う》っているからには、こういうことするとセクハラになりますよ、危ないですよ、やめましょうね、とリスクだかクライシスだか、いまだによくわからないマネジメント用の講演のはず。

だいたい、セクハラなんて、長生の守備範囲じゃないだろうに。

「アンケートをもらってるから。実際にされた、本人がセクハラだと思っている行為を旭希に追体験《ついたいけん》してもらって、本当にセクハラだったのかどうか、訴《うった》えたら勝てるのか、そういうことをひとつずつ確認する」

「はい！」

旭希は元気よく、手を挙げる。長生は、なんだね、旭希くん、とちゃめっけたっぷりに指した。

「それは、ぼくである必要がないと思います！」

三か月間、会議のたびに三十人分のコーヒーをオーダーしてもらえる。それは、ものすごく魅惑的《みわくてき》な申し出だけど。セクハラもどきのことをされるのは、どうしても避《さ》けたい。

その理由がある。

「女の子にすればいいんじゃないでしょうか！」

「旭希くん、きみ、この冊子を、本当にまったく、ちらりとも読んでないね」

先生ごっこはつづいているらしい。長生は、かけてもいないメガネを、くいっ、とあげるふりをした。

「はい、まったく読んでません！」

「男性のための、というのはですねえ…あ、めんどくさいので、もとに戻すわ」

飽《あ》きるのが早いのも、長生の特徴《とくちょう》。会社がよくつづいてるものだ。

「あのな、男性のための、って、やるほうじゃねえぞ。される側」

「…はあ？」

旭希は眉《まゆ》をひそめる。いったい、どういうこと？

「最近、よくあるだろ。男がセクハラされるやつ」

「あ、そういうことか！」

だから、旭希が必要だったんだ。なるほど、なるほど。

よし、絶対に逃げよう。女の子のかわりならまだしも、男としてセクハラなんて、受けてたまるかっ！

「じゃあ、長生は、女性上司か何か？」

そんな映画、あったよね？　パワハラとセクハラのダブルコンボのやつ。見てないけど。

「だったら、俺がされるほうで、女に頼めばいい話だろ。まったく、めんどくせえなあ。冊子読んでりゃ、すぐわかるのに」

長生は肩をすくめた。

「男が男にセクハラされるんだよ。だから、セクハラの線引きがむずかしいし、訴えるのも勇気がいる。今回は、えーっと、なんとかブックとかのコミュニティで集まった、男性セクハラ被害者の会みたいなところからの依頼で、あんま金にはなんねえんだけど、そういう前例つくっとくと、セクハラ関係の仕事も増やせんじゃん？　俺さ、セクハラって、ホント、だいっきらいなんだよな。立場が弱い人間を自分の欲望のはけ口にしようなんて、そんなやつ、社会的に抹殺《まっさつ》してやればいいと思うんだよ。だから、そのとっかかりって言ったら悪いが、男性間のセクハラって、最近、注目されてるからさ。俺としては、新しい部署立ち上げてでもやってみたいわけ」

長生の目が、きらきらしていた。

ダメだ。

旭希は絶望的な気分になる。こういうときの長生は、かならず自分の意思をとおす。旭希が逃げられるわけがない。

それに、長生の言ってることはものすごく正しい。長生の会社が、男性同士のセクハラの訴《そ》訟《しょう》などを引き受けることになったら、泣き寝入りしてきたたくさん（かどうかはわからないけど）の人たちが助かる。

協力したい。

そう思ってしまっている自分がいる。

だって、それが正しいことでしょ？

でも、とささやく声がした。

セクハラだよ？　長生にセクハラされるんだよ？

それでも平気？

平気じゃない。まったくもって平気じゃない。

だから、逃げたくて。でも、その理由が見当たらない。

どうすればいいんだろう。

旭希は頭を抱えて座り込みたくなる。

「だから、旭希、頼む」

長生が手をあわせながら、まっすぐに旭希の目をのぞきこむ。

ほかに、何が言えただろう。

「…わかった」

この答え以外、どうやったら口にできただろう。

長生は嬉しそうに笑うと、握手《あくしゅ》を求めてきた。その手を握り返して、中学のころからずっと変わらないあたたかさに泣きそうになる。

ただの友達なのに。

それでいいのに。

これからも、そうでいたいのに。

どうしよう。

頭の中で、その言葉がぐるぐる回る。

どうしよう、どうしよう、どうしよう。


「部長が、とかってやつはスーツ着てないとダメだから…」

長生はプリントアウトした紙を一枚ずつめくりながら、小さくつぶやいている。旭希はそのたびに、びくっ、と肩《かた》を震《ふる》わせた。

いまから気が変わって、ちがう人を相手にしてくれないかな。

そんな、ありえないことを願っている。

「そ、それ、なんなの?」

自分でもびっくりするぐらい声が裏返って、最初もつかえた。長生は目をあげると、にっこりと笑う。

「そんなにびびんなよ。とって食うわけじゃねえんだから」

とって食われたほうがマシだ。だったら、セクハラされずにすむ。

「こういうことをされました、ってのが、細かく書いてあんだよ。いやー、世の中には、結構、男同士のセクハラがあんのな。まったく知らない世界を垣間《かいま》見たみたいで、興味深いのと同時に、やったやつらに地獄《じごく》を見せてやりてえ」

　長生は、さらっと怖いことを言う。

「できるの？」

「どうだろうな。異性間ならともかく、ただのスキンシップを過剰《かじょう》に受けとられても困る、って言い訳されたら、かなーり苦しい。友達同士だと、あそこをつかむ、とかフツーにやんじゃん」

「やらないよ！」

　なんだ、それ。聞いたこともない。

「あー、たしかに。旭希はやらないタイプだな」

「それって、タイプとか関係あるの⁉」

　っていうか、本当にしてるわけ⁉

「おまえのでっけーよな、とかって、ぎゅって握《にぎ》ったり。おまえこそ、ってやり返されたり。ただのノリでやってた。けど、そういうのがいやな旭希みたいなのには、さすがにやんねえし。線引きってあんじゃん。男女間でもさ、脂《あぶら》ぎったオヤジに肩たたかれると、セクハラです！ってわめくくせに、若くてかっこいい男性社員なら、太股撫《ふとももな》でてもオッケーみたいな」

「ああ、あるねえ」

　嫌悪感《けんおかん》の差は、確実にある。だったら、セクハラで裁判《さいばん》を起こすのはむずかしいんじゃないだろうか。

「セクハラの裁判ってさ」

疑問が表情に出ていたのだろうか。長生は、まるでそれに答えるように言葉をつづけた。

「基本的に雇用《こよう》関係が主なわけ。でも、相手のほうが立場が上なのって、なにも会社にかぎったことじゃなくて。レポートを読めば、へえ、そっか、こういうところでも！　ってのが、たくさんあんだよな。でも、訴えるのはむずかしい。時間がたちすぎてたり、被害にあった証拠《しょうこ》がなかったりするからなあ」

「え、じゃあ、どうすんの？」

そういえば、セクハラ裁判って、会社を相手どったのしか知らない。

「どうにかする」

長生は自信たっぷりに言い放った。

俺にまかせとけば大丈夫。

昔からよく聞いてきたセリフ。そして、たしかに、長生にまかせれば大丈夫だった。

「そこは俺が考えるところだから。とにかくさ、旭希には、実際にこんなことをされたらセクハラに感じるかどうか、それを教えてほしいわけ。本人は、セクハラだ！　って思ってても、実際は業務の範囲内だったりすることもあるだろうし」

「えー、人の体に触《さわ》るからには、全部セクハラだよ」

それを、本人がいやがるかどうか、訴えるかどうかは別として。

「いや、そうでもない場合もある。よし、じゃあ、今日はこれからいこう」

長生は一枚の紙を選んだ。旭希がのぞき込もうとしたら、かわされる。

「先入観《せんにゅうかん》なしでいきたいから、見るの禁止。設定だけ教えてやる」

「えー、じゃあ、ぼく、何されるかわかんないの？」

心の準備ぐらい、させてくれたっていいじゃないか。

「あったりまえだろ。やられた人たちとおんなじ立場じゃないと、意味ないし。いいか、ここには詳細にされたことが書いてある。俺は、そのとおりにやっていく。全部終わったら、セクハラと感じたかどうか、教えてほしい」

「全部終わったら？」

それは、どのくらいの長さ？

「そう。俺が、終了、って告げたら」

「つまり、具体的には…」

「だから、それは内緒《ないしょ》だっての。いいから、ごちゃごちゃ言ってねえで…あ、ちがった。まだ、設定教えてなかった」

長生は、悪いな、と素直に謝《あやま》る。こういうところがあるから、憎《にく》めない。自分がまちがっているときは、きちんと認める。だからこそ、信用も信頼もされているのだ。

「旭希はジムに入会したばかり。ジムに入るのも初めてで、まったく勝手がわからない。学生時代も運動部じゃないから、正しいストレッチの方法も知らない。で、俺が、旭希のトレーナー。ひととおり初日のメニューを終えて、最後のストレッチをやっているところ」

「ああ！」

なるほど、そういうことか。人の体に触る職業もあるのだ。そして、どこまでがストレッチで、どこからがセクハラなのか、運動経験のない人にはわからない。

「旭希も部活やってなかったから、ぴったりだろ」

「やってたよ、失礼な」

中学だけだけど、野球部に入っていた。それなりに真剣だったし、足が速かったので、一番バッターをまかされていた。ただ、ストレッチをきちんとやったか、と聞かれると、うーん、と首をかしげてしまう。

高校のときは、放課後、お店を手伝うために部活には入っていない。

そういえば、まともに運動したのは中学が最後だ。

「ああ、そっか、野球部だったな」

「忘れるなんて、友達甲斐《がい》がないねえ」

旭希は、わざとおおげさにため息をついた。

「まあ、長生はバスケ部のスター選手ですから。ぼくのことなんて、まったく目に入ってなかったのもしょうがないですよね」

「うわ、出た、いやみ口調《くちょう》」

長生はぷっと吹き出す。

「それ、結構むかつくんだよな」

「輝かしい一番バッター時代を忘れられてたぼくのほうが、むかついてますから」

「俺が悪かったから、やめろ」

むかつく、と言うわりには、なんだか楽しそうだ。そういえば、こんなしゃべりかた、久しぶりかも。

長生が大学生のころは、二人でよく飲みに行ったりしていた。長生は暇をもてあましていたし（よく考えたら、大学生なんだから勉強すればいいんだけど。長生いわく、そういうもんでもない、とのこと）、旭希も、朝から晩まで喫茶店にいる状況にまだ慣れなくて。たまには、ぱーっと息抜きをしたくて。誘《さそ》われたら、いつでも飛んで行った。二日酔いで店に出て、父親にこってりしぼられたこともある。

最近では、そういうことはまったくない。長生は休日も予定がつまっていて忙しいし、たまに、今日、飲みにいかねえ？　と急に誘われても、つぎの日がお店だと断ってしまう。

成長したのだ、と思う。社会人としての自覚が身についた。

ただ、それだけ。

ほかになんの意味もない。

だから、長生と会うのは、お店にコーヒーを飲みに来るときだけ。そういえば、こんなふうにじっくり向き合うのは、いつ以来だろう。

そんなことを考えていたら、急に緊張《きんちょう》してきた。

長生の部屋で、二人きりで、これからセクハラを受ける。

…なんか、変じゃない？　やっぱり、やめたほうがよくない？

何も言わずに部屋を出て、そのまま走って逃げたら、長生はどう思うだろう。あいつ、やっぱり無理だったたか、と笑って許してくれるだろうか。それとも、約束したのにそれを破るなんて許せない、と旭希が想像した以上に怒って、もう二度とお店に現われなくなるだろうか。

電話をしても、メールをしても、連絡がとれなくなってしまうのだろうか。

それが怖いから、旭希は動けない。中学や高校とはちがう。ケンカをしても、顔なんて見たくなくても、おなじクラスだったからどうしようもなかった、あの時代とはちがう。

どちらかが、あ、もういいや、友達やめた、と思えば、すぐに会えなくなる。そうやって、実際に会うことがなくなった友達が、たくさんいる。

長生とは、そうなりたくない。ずっと、仲良くしていたい。

「おい、旭希」

パチン、と耳元で指を鳴らされて、旭希は、はっと我に返った。

「あ、ごめん。聞いてなかった」

「わかってる。だから、俺も、何も言ってない」

長生はにやりと笑う。こういうところで、長いつきあいだなあ、と実感するのだ。

旭希だって、長生がほかのものに興味を抱いて、旭希の話を聞いてないときは、途中《とちゅう》で黙《だま》るから。

だからといって怒っているわけじゃなくて、またあとで話せばいい、と思うだけ。

この距離感が心地《ここち》いい。

「で、いまから再開な」

「うん、わかった」

旭希はうなずいた。いまでも、やめたほうがいいんじゃないか、このまま逃げればいいんじゃないか、と心の奥から声がするけれど。

いったん引き受けた、その事実は変わらない。そして、長生は約束を守らない人が大きらい。だから、その声を無視する。たぶん、そっちのほうが正しいのに。それでも、聞かないふりをする。

「輝かしい一番バッター時代はおいといて。しばらく運動してないから、まあ、おいとかなくてもいいんだろうけど」

「そういうのいいから、進めて、進めて」

やると決めたら、さっさとしたい。じゃないと、また逃げたくなってくる。

「じゃあ、説明せずに始めるか。そのほうが早いし」

「そうだね」

とっととやって、とっとと終わらせる。それが一番いい。

「長生が、終了、って言ったら、殴《なぐ》ってもいいってことだよね？」

「まあ、そういうことだ」

長生は笑った。

「実際、殴りたくなるかもしれねえしな。好きにしろ」

「じゃあ、やろう。あ、格好はこのままでいいの？」

ジムだったら、もっと運動しやすい格好のほうがいいんじゃないだろうか。旭希はいま、ジーンズをはいている。さすがに、これで運動はしない。

「あ、そうだな。ジャージ貸すわ。それに着替えてきてくれ」

「うん、それがいいね」

そのほうが、雰囲気《ふんいき》も出るだろう。

「戻ってきたら、すぐに始めるから、注意事項だけ言っておく。まず、俺を俺と思うな。知らない男性トレーナーだと考えろ」

「うん、わかった」

ちょっとむずかしいけど、再現なんだからしょうがない。長生じゃないだれかの顔を、思い浮かべよう。いつも文句ばっかり言う常連さんとか…うわ、本気で気分が悪くなりそうだから、やめといて…。

まあ、どうにかなるよ、うん。

「あと、この当人は、一回も、いやです、とか、やめてください、とか言わなかったそうだ。最初は、これがストレッチなんだな、と素直に思いこんでいて、途中から、おかしいな、とは感じたけど、トレーナーの人は真剣なふうに見えたから言い出せなかった、と。手をとめようとしたり、抵抗したりもなし。とにかく、どの時点でセクハラだと思ったか、もしくは、セクハラじゃないのか、それを見極《みきわ》めてほしい」

「わかった」

ごちゃごちゃ考えてもしょうがない。

ちょっと我慢《がまん》すれば、三か月間で三百六十人分のコーヒーが売れる。

それだけを考えておこう。

「よし、じゃあ、着替え取ってくる」

長生はさっさと立って、寝室に行くと、派手《はで》なオレンジのジャージを持って戻ってきた。

「うわっ、こんなの着るの⁉」

旭希は驚いたあとで、思わず笑ってしまう。

「あ、笑った」

長生は、ほっとしたようにつぶやくと、ふう、と額《ひたい》の汗《あせ》をふくふりをした。

「なんか、ずっとしかめっつらだから、焦《あせ》ってた。俺、結構、無理させてるし、そんなにいやならやめようかな、ってちょっと考えてたんだよな」

ちょっと待ったーっ！　そんなの、先に言ってよ！

だったら、笑わなかったのにー！

「ありがとな、旭希」

長生が、ジャージを差し出す。

「こんなめんどうなことにつきあってくれて。いつも頼ってばかりで申し訳ないけど、俺の会社がもっとでっかくなったら、毎日コーヒーをとるから」

ああ、本当にずるい。このタイミングで、こんなことを言うなんて。

「いいえ、どういたしまして」

笑顔でそう答えて、ジャージを受け取るしかないじゃないか。

旭希は着替えるために、いったん、部屋を出ると、ふう、と大きなため息をついた。

すべての憂鬱《ゆううつ》を吐《は》き出したくて。

無理だと、わかっているけど。

2

着替えて戻ってきたら、全身鏡《かがみ》が壁際《かべぎわ》に置いてあった。わざわざ、寝室からでも持ってきたのだろう。

たしかに、ジムといえば鏡がつきものだ。ジムの見学とかには行ったことがないので、ドラマで見ただけだけど、壁一面が鏡になっている感じ。自分の体型をいつも気にさせておきたいからだろう。

「それでは、最後にストレッチをしますので、鏡の前に立ってください」

長生は、いつもとはちがうやわらかい口調で、そう告げた。もうすでに、始まっているのだ。

「あ、はい」

旭希は素直にうなずいて、鏡の前に立った。長生のジャージはぶかぶかで、貧相《ひんそう》な体だなあ、と嘆くよりも吹き出しそうになる。ここまで体格がちがうと、なんだかおもしろい。隣《となり》にいる長生と比べると、一回りぐらいは旭希のほうが小さい。長生はがっしりしているわけでもないと思っていたけれど、こうやって見ると、きちんと鍛《きた》えた体つきをしている。

そんなこと、普段は意識しないのに。鏡に映っていると、細《こま》かく分析《ぶんせき》したくなってくる。もっと、ちゃんと運動したほうがいいかもなあ、と柄《がら》にもないことを考えたりして。

いけない、いけない。いまは、そんなことを考えている場合じゃない。ここはジムじゃないし、運動とか、体つきとか、そんなのどうでもいい。

「どうでしたか、今日は」

長生は鏡ごしに旭希を見てきた。うわー、なんか、すっごい見られてる感覚。あんまり居心《いごこ》地《ち》がいいものでもない。

「あー、えーっと、普通です」

とはいえ、長生は、レポートどおりに進めているだけ。旭希もそれに対応するしかない。

「そうですか。体を鍛えたいんですよね。ちょっとその成果を見てみましょう」

長生が手を伸ばしてきた。鏡ごしに見る動きは、左右が逆で、少し反応が遅れてしまう。

なんか、変な感じ。

「大胸筋《だいきょうきん》は、まったくないですね」

後ろから抱きしめるようにされて、両胸をぎゅっとつかまれる。旭希はその手をはらいたくなった。だけど、ぐっとこらえて、どうにか笑みをつくる。

この人はトレーナー。これは、本当に筋肉がついているかどうか、調べているだけかもしれない。

「つけたいですか?」

「えーっと」

旭希は首をかしげた。

「どっちのほうがいいでしょうかねえ…」

優柔不断《ゆうじゅうふだん》な旭希のこと。実際も、そんなふうに迷《まよ》うだろう。

「つけたら、男らしい厚みのある体になります。女性ならみんな、守ってくれるたくましい体にあこがれると思いますけど」

なるほど、そうきたか。

旭希は感心する。

だれだってもてたい。女の子のことを出されたら、言うことを聞いてしまうのもしょうがない。

「んー、でも」

旭希は素直な疑問を口にした。

「胸だけにつけても、バランスおかしくないですか?」

どうせなら、全体的に体を厚くしないと。胸だけムキムキとか、絶対に変だ。

「ちょっといいですか」

質問したくせに、旭希の返事を気にすることもなく、長生は上着のジッパーを下ろした。Tシャツを着ていたからよかったけど、そうじゃなかったら、上半身裸になっていたところだ。

「ちょっ…」

「ラインを確認しているだけです。ぴったりと張りついてないと、筋肉量が確認できませんから」

長生はTシャツを引っ張って、胸のあたりに押しつけた。白い生地《きじ》だから、うっすらと体の線が浮かびあがる。

うわー、やっぱ、筋肉ないなあ。

旭希は鏡をじっと見た。

アクション映画に出てくる俳優《はいゆう》さんとか、胸の上の部分が、もこっ、と盛り上がって、いかにも強そうなのに。旭希はぺったんこだ。

「浮き出ませんね」

長生は、まったいらな旭希の胸を、すーっと手で撫《な》で下ろす。

「筋肉どころか、脂肪《しぼう》もありません。もう少し詳しく分析しますね」

「あ、はい…」

なんだか、長生が本当にトレーナーに見えてきた。

「Tシャツをめくりますよ」

「…え?」

抵抗する間もなく、Tシャツの裾《すそ》を持たれて、がばっと首のあたりまであげられる。旭希は、あまりにびっくりして、目をまたたかせるだけ。

予想外のできごとに人はうまく対処《たいしょ》できないんだな、と思い知る。

「ここを持っていてください」

まくりあげたTシャツのところまで、手を導かれた。

え、なんで、こんなことしなきゃいけないの？　っていうか、自分の体を鏡で見せられているのが、恥《は》ずかしいんだけど。

でも、本当に筋肉のつきかたを見たいだけかもしれない、という思いはぬぐえずに、旭希はおとなしくTシャツを自分で押さえた。両手が自由になった長生は、左右から手を回して、旭希の胸をふわりと包む。

「まず、やわらかすぎます。力を込めてみてください」

「えっと、それは、大胸筋にですか？」

どうやって？

「はい。こぶしをぎゅっと握ってみてください。そうすると、大胸筋が反応します。ボディビルダーとかが、よくやっているでしょう？」

「ああ！」

あれは腕を動かしているけれど、たしかにそうだ。旭希はTシャツを握ったまま、ぎゅう、と指先に力を入れた。

「本気でやってます？」

「やってます！」

バカにしたような言い草に、カチンとくる。筋肉がないからジムに来たのに、その態度はないだろう。

「まったく固くなってないですよ。ほら、揉《も》めます」

ふに、ふに、と左右の胸を揉まれて、旭希の体の奥がむずむずしてきた。でも、これは、筋肉がない、と証明したいだけで、セクハラとはちがうような…。反応している自分がおかしい気がする。

「それと、大胸筋が鍛えられると、もこっ、と乳首から上が筋肉の形に盛り上がるんですよ。えーっとですね」

長生はいったん右手を離すと、どこからか写真を取り出した。そこには、きれいに大胸筋のついた男の写真。

「私の言ってること、わかります？」

「わかります」

たしかに、長生が見せてくれた写真の男は、乳首の部分からきれいに胸が盛り上がっていた。女性のおっぱいとはちがうけど、筋肉が発達しているせいで、どこから胸なのか、はっきりわかる。すとん、とそのまま、おなかとつながっている旭希とは、まったくちがった体の造りだ。

「あなたの場合、ここに乳首があるじゃないですか」

長生は無造作《むぞうさ》に、右の乳首をつまんだ。旭希は、びくっ、と体を震わせる。

「なっ…」

旭希は、思わず、長生を振り向いた。長生は平然《へいぜん》としている。

「ああ、気にしないでください。大胸筋について説明するとき、あなたみたいに感じるかたも、たくさんいらっしゃいますから」

「あ、そうなんですか?」

「はい。だから、最初にお断りするようにしているんです。これからしばらく乳首を重点的に触りますが、変に力を入れて、筋肉の形がわからなくなると困りますので、自然にしていてください」

こうやって説明されると、なるほどな、と納得してしまう。実際のところ、こういうことをするのか、しないのか、旭希にはわからない。

ジム関係でのセクハラの線引きは、たしかにむずかしい。

「わかりましたね?」

「わかりました」

旭希はうなずいた。とにかく、先へ進まないと、いつまでたっても終わらない。

「じゃあ、大胸筋の話に戻ります。いいですか、あなたの乳首はここです」

さっきからつまれっぱなしだった右の乳首を、長生は、きゅっ、と引っ張る。ぞわっと体が震えて、旭希は前に屈《かが》んだ。

「ちゃんと立ってください。あと、鏡も見ていてください。そのほうが、私の言うことを理解しやすいですから」

「あの…でも…」

自分の乳首を触られてるところなんて、あんまり見たくないんだけど。

「体を意識する。筋肉のつきかたを知る。それは、とても重要なことです」

そうやって理屈《りくつ》で攻められると、反論《はんろん》できない。旭希は伏《ふ》し目《め》がちながらも、鏡を見た。

「大胸筋がつくと、ここから盛り上がりますので、そうですねえ」

長生は左手を右の乳首のすぐ下ぐらいに置いて、そのまま、ぐっ、と胸の肉を寄せ上げる。

「このくらい、位置は変わります。右と左の乳首の高さ、ちがうでしょう」

「…たしかに」

ん？　なんだろう、何かおかしい。触られてる乳首が、むずむずする。鏡ごしじゃなくて直接、下を見ると、乳首に置かれた長生の指が細かく動いていた。

乳首を、こすられている。

そう思った瞬間、ずくん、と、うずきが全身に走った。あっ、と小さく声を漏《も》らしそうになって、それを慌《あわ》てて噛《か》む。

「あの…」

旭希はつとめて冷静に言葉を発した。

「指で乳首が隠れていて、見えないんですけど」

「ああ、そうですね。じゃあ、もっとはっきり見えるように、こうしましょう」

長生は乳首から指を離す。ほっとしたのもつかの間、親指と人差し指で、乳首を、ぎゅう、とつまみだした。

「こうすると、よく見えるでしょう」

「やっ…」

旭希は、ぷつん、と存在を主張している乳首を隠《かく》したくて手で覆《おお》おうとしたけれど、長生に先回りされる。

「大胸筋をつけるかどうかで、トレーニングの仕方は変わってきますから。きちんと見てください。体を鍛えたいんですよね？」

「…はい」

旭希の手は、力なく落ちた。だめだ、たぶん、全部に抜け道が用意されている。そして、どれが本当で、どれがウソなのか、旭希には見抜けない。

「こうやって手で持ち上げてるだけでも、右側のほうが、なんとなく体がしまっているように見えませんか？」

「え、わかりません」

右はほぼ、長生の手で覆われているような状態で、いったい、どうやって比較すればいいんだろう。

「そうですか。たぶん、左の乳首が目立ってないからですね。ちょっと待ってください」

長生は胸を上げていた左手を離すと、そのまま横にずらし、乳首を指の腹でこすり始めた。

「ちょっ…あっ…やっ…」

旭希は逃れようと、前に足を踏み出そうとする。それをさせまいとするかのように、長生は両方の乳首を、ぎゅっ、と指で押し込む。そのまま、ふるふる、と乳頭を揺らされて、旭希の腰が、がくん、と落ちた。

「乳首の位置をわかりやすくするんです。私の手があるから、見えにくいんですよね？　だったら、乳首をとがらせて、大胸筋を鍛えたときにどこにくるのか、はっきり目に入るようにしましょう」

言いながらも、長生は乳首を指で弾《はじ》く。ぷるん、と揺れて、乳首はもとの場所に戻った。それを何度かされているうちに、小さかった乳首が、ぷくっ、とふくれてくる。

「ほら、見やすくなった。もうちょっと、がんばってください」

「あっ…あっ…」

乳首を、くりくり回されて、旭希は思わず、後ろの長生にしがみついた。そうしないと、ぺたん、と座り込んでしまいそうだったから。

「座ったほうがいいですか？」

耳元でささやかれた声に、無意識のうちにうなずいてしまう。

「そうですか。力が入らない？」

旭希は、こくこく、と首を縦に振った。もともと、乳首は弱い。中学のころ、いたずら半分で乳首を触るのがはやっていて、旭希も当然のことながら、その標的《ひょうてき》になった。相手は、長生。でも、長生は、きっと覚えてないだろう。

そのときに強烈《きょうれつ》な快感《かいかん》みたいなのが走って。やめろよ、と笑いながら、どうしよう、と内心では焦っていたことを、いまでもはっきりと思い出せる。

それ以来、自分でするとき、乳首もいじるようになった。ただ、乳首だけではそこまで気持ちよくなくて、自身と一緒に触ると、かなりの相乗効果《そうじょうこうか》が出る感じ。

乳首が、ほんのちょっとだけ弱い。

それぐらいだと思っていた。ほかにも、彼女に乳首をいじられるのが好きでさ、と言っている友達はいたから、普通だと思っていた。そんな経験がない旭希は、もっぱら自分で触るだけだけど。こんなの、みんなやってるんだ、と。

でも、こんなふうに乳首をずっと触られることは初めてで。そして、乳首だけで、腰が抜けるぐらい感じてしまったこともなくて。

乳首をとがらせる。

それが普通なのか、それとも、そうじゃないのか、その判断もできないほど、長生の指を求めてしまっている。

「じゃあ、私にもたれるようにしてください。胸を張らないと、乳首が見えにくいですから」

「あの…もう…んっ…乳首は…」

つままれたり、引っ張られたり、こすられたり。ずっと、それを繰《く》り返《かえ》されて、きゅう、ととがっているのが自分でもわかる。

「ああ、そうですね」

長生は驚くほど素直に、指を離した。

「んー、どうですかね。ちゃんと、鏡に映っててもわかりますか？」

「は…い…」

乳首は真っ赤になって、大きくふくらんで、その存在を主張している。長生は指を伸ばして、乳輪から乳首をたどり、また乳輪に戻って、くるり、とそこで円を描《えが》いた。そんな行為ですら、声が出そうになる。

「そうですね。硬《かた》さもちょうどいい。じゃあ、やりますよ。見ててください」

長生は乳首の下に手を置いて、また胸の肉を、ぐいっ、と上げた。

「どうですか？　このぐらい筋肉があったほうが、かっこよくないですか」

「えっと…」

さっきみたいに乳首を指で隠されてないから、わかりやすいけど。正直、どっちがいいとも思わない。少しぐらい胸が盛り上がったところで、貧相な体は変わらないからだ。

「私は鍛えたほうがいいと思うんですよね」

「あっ…」

長生が反対側の胸も持ち上げる。そのはずみで乳首に指が触《ふ》れて、敏感《びんかん》になっていたそこは、旭希に快感を送り込んだ。

「こっちのほうがよくないですか?」

「そ…かも…しれなっ…んっ…」

長生が両手を離すと、胸が揺れて、乳首もそれにあわせて、ふるん、と震える。

「これだと、なんか、だらしない、っていうか。やっぱり、こうでしょう」

長生はまた、胸をぐっと上げた。乳首を指で下から押すようにしてるのは、わざとなのだろうか。それとも、偶然《ぐうぜん》?

わからない。頭が、ぼーっとする。

「まあ、次回までに考えてくれればいいです。腹筋は絶対につけなければいけませんのでメニューに入れますが、問題は太股なんですよねえ。ちょっとジャージ下げますね」

「…え?」

びっくりして固まっている間に、ジャージを膝《ひざ》まで抜かれた。腰も浮かせてないのに、するり、と脱《ぬ》げる。

「やっ…！」

旭希は慌てて自身を手で隠した。乳首を触られてからずっと、半分勃《た》ちあがっていたのだ。

「ああ、それは生理現象ですから、そのうち治《おさ》まります。気にしないでください」

冷静な声。冷静な判断。

…やっぱり、さっきのは純粋《じゅんすい》に大胸筋について考えてくれていたってこと？　ここにつけこまないのは、セクハラじゃないから？

混乱する旭希のことなど、まったく気にかけた様子もなく、長生は膝の裏に手を差し入れた。そのまま手を上げて、膝を立てさせる。

「ここにも筋肉がない」

長生は、ぐっと足を左右に開かせた。旭希は自分自身を隠すのに精いっぱいで、それに抵抗できない。

「こうやって広げると、普通は足の筋肉がちゃんと出るんですけど。まったくないですね。ただ、ここに肉はついてます」

長生は少し手を太股側に寄せて、そこを震わせた。たしかに、たぷたぷしている。でも、太いわけではないし、なんだか中途半端《ちゅうとはんぱ》だ。

「これを筋肉にすると、きれいなフォルムになると思います。足は使わないと衰《おとろ》えます。あまり歩かないですか？」

「そうですね。そんなには」

基本、立っているのが仕事だ。歩いたとしても、そんなに長い距離じゃない。店の中を何度も往復《おうふく》するぐらい。

「歩いたほうがいいです。かかとで地面を踏《ふ》むと、そこがポンプの役割をして血液を心臓に送り込みます。かかとは心臓から一番遠い場所なので、ここを使うことにより血行がよくなり、健康になるんです」

「へえ、知りませんでした」

うーん、やっぱり、まともなトレーナーに思える。あ、だんだん治まってきた。もうちょっとすれば、手を離せる。

「だから、歩くことで筋肉をつければいいんですが、筋肉がある程度ついてないと、歩くのに疲《つか》れてしまって、ポンプの役割を十分に果たせない。だから、ここを」

内腿《うちもも》の筋肉を、ぎゅっと押された。

「いたっ…」

「重点的に鍛えましょう。そのメニューは次回、いらしたときまでに考えておきます。今日は鼠蹊部《そけいぶ》のマッサージをして、ここのリンパを流しましょう」

そけいぶ、って、なんだ？

左右に開かれた内腿を長生の両手が這《は》って、足のつけねにたどり着く。そこを、ぐりっ、と押された。

「いたーっ！」

目から火でも飛び出そうな、鋭《するど》い痛みが走る。

「ここが痛いということは、リンパが滞《とどこお》ってるんです。強く押してないのに、そんなに痛がるようでは、重症ですね。じっくりやりましょう」

「あのっ…これも…次回でっ…」

痛い、痛い、痛いーっ！

このやろ、わざとだろ、長生めっ！

役割を忘れて、そんなことを叫《さけ》んでしまいそうになるぐらい、痛い。

「ダメです。そんなに痛いですか？」

「痛いっ…です…」

この涙目《なみだめ》を見ろっ！

「じゃあ、弱くします。このぐらいならどうですか？」

長生は、すっと撫でるように指を動かした。

「あ、それなら大丈夫です」

うん、痛くない。

「しばらくこの強さでやって、ほぐれてきたら、もう少し力を入れていく。それでやります」

「はい、お願いします」

うわ、力が入ってないと、すっごく気持ちいい。

「私にもたれて、目をつぶっていていいですよ。マッサージですから、眠ってしまってもかまいません」

「いえいえ！　眠りはしないですけども」

旭希は長生を見た。

「もたれてもいいですか？」

「どうぞ」

笑顔で言われる。旭希は体の力を抜いて、長生にもたれた。

ふう、リラックスして、楽しもうっと。長生にマッサージされるなんて、これから先、きっとないだろうし。

足のつけねを上下していた指が、だんだん範囲を広げていく。ぐっ、とおしりのほうまで指が滑《すべ》って、旭希は、びくっ、と体を起こした。

「あの…」

「なんですか？」

「あ、いえ、なんでもないです」

おしりに指が当たるんですけど。

そんな、まるで自意識過剰《じいしきかじょう》みたいなこと、言えるわけがない。だって、ただのマッサージだし。

っていうか、つけねよりも中に入ってきてない？　そのまま上げると…。

「やぁっ…！」

せっかく治まって、だらん、としていた自身に指が当たってしまった。追い打ちをかけるようにもう一方の手も触れる。

それも悪いことに、先端《せんたん》に。

旭希のものは、ぐん、と勢いを増した。

「ちょっ…だめっ…」

「マッサージですから」

長生は指を下げて、またおしりのほうへ。奥まった場所を、ふわり、と撫でる。

「あっ…やっ…」

「勢いをつけないと、リンパは流れません。痛くしないかわりに、こうやって速度をつけます。そうすると、思いもよらないところに当たったりしますが、気にしないでください。痛いほうがいいなら、すぐにそうしますけど？」

痛いのはいやだ。たしかに、このマッサージは気持ちいい。

でも、おしりの穴を触られたり、自身をつつかれたりするのは、困る。すごくすごく困る。

長生の手の動きはますます大きくなって、完全に勃ちあがった旭希の根元から先端までにも指を滑らす。おしりのほうは、指で襞《ひだ》を左右に開かれた。

こんなの変。絶対に変。

だって、動きが意図的《いとてき》だよね⁉

「あー、染《し》みがつきそうですね。下着、脱いだほうがいいですよ」

え？　と反応する間もなく、下着を下ろされた。さすがに、今回は膝まではいかない。でも、ぷるん、と旭希自身は顔を出す。

「ここの血行もよくしましょうね」

長生の手は、完全に旭希のものを包み込んだ。もう一方の指は、蕾《つぼみ》を、つん、つん、とつついている。少しゆるんできて、中に入りそうだ。

「やっ…あぁっ…いやぁ…」

抵抗したいのに。逃げたいのに。

自身をこすられると、力が抜ける。長生によりかかって、体を、びくん、びくん、と震わせてしまう。

「大丈夫ですよ。私にまかせてください」

長生が先端を指でこすりながら、ささやいた。にちゃ、と濡《ぬ》れた音が響《ひび》く。入り口をつつい

ている指は、ほんのちょっとだけ潜《もぐ》り込《こ》んでいた。

「だめっ…やっ…んっ…」

蕾の周りを、くるり、くるり、とこすられているせいか、そこが開閉をし始める。みずから飲み込むように、少し深く長生の指を受け入れた。

「あぁっ…あっ…」

長生は旭希自身を激しくこする。全体が濡れてきて、ぐちゅん、ぐちゅん、といやらしい音が耳に届いた。

ちがう。こんなのちがう。

こんなこと、望んでない。

なのに、体は熱くなり、もうとまらない。歯止めなんか、とっくになくなっていた。

「んっ…あぁっ…やだぁ…あぁん…」

甘い声。まるで、自分のものじゃないかのような。

指が一本すべて入って、中を搔《か》き回す。ぐるり、と内壁をこすられて、ぎゅっと先端を絞《しぼ》られて。

「いやぁぁあっ…！」

旭希は放った。どくん、どくん、とすごい勢いで、長生の手を濡らす。

呆然《ぼうぜん》とするしかなかった。

どうしてこんなことになったのか、わからなくて。

ただじっと、流れていく白いものを見つめていた。


「セクハラに決まってるでしょーっ！」

シャワーを浴びて、戻ってきて、旭希はわめいた。

長生の手に出してしまったときは、本当に落ち込んで。

ああ、どうしよう。これから、いったい、どうやって顔を合わせればいいんだろう。

そんなふうに考えて、泣きたくなったりしたけど。

シャワー浴びてこい。

やさしく、そう言ってくれる長生に、その場で土下座《どげざ》でもなんでもして、謝って、許しを請《こ》いたかったけど。

シャワーを浴びているうちに、冷静になった。

よく考えたら、旭希は悪くない。あんなセクハラをするトレーナーが存在することが悪い。

長生はレポートどおりやった。旭希は、自分が思うように行動した。

結果、ああなっただけ。

そして、被害者が訴えたとおり、こんなのセクハラ以外のなにものでもない。

だから、強気に出た。ちょっとは、長生があきれてたらどうしよう、という恐怖もあったけど、それをどうにか押し殺す。

「だよな。俺は最初から知ってたけど」

長生は、なにごともなかったかのように答えた。そのことに、ものすごくほっとしている自分がいる。

でも、そんなの見せたくない。

だって、悔しいじゃないか！　セクハラされた上に、長生がどう思ってるか気にしてるなんてのがばれるなんて。

「問題は、どの時点で、ってことなんだよ。俺はさあ、最初の乳首で、あー、もう完全にダメだな、って思ったんだけど。旭希、そうでもなかっただろ」

「うん」

じっと見られて。いまはまた、着てきたシャツをはおってるけど、なんだか、その奥を見透《みす》かされているような気がして、体のあちこちがむずむずしだす。

忘れよう。

シャワーを浴びながら、何度も自分にそう言い聞かせてきたけど。なかなか簡単にはいかない。

「だってね、大胸筋がどうとか、って言われたら、そんなもんかな、って思うもん」

「そうなんだよな。俺も言いながら、あ、これならだませるな、って、ちょっと感心したぐらいだし」

「感心しないでよ！　セクハラなんだよ！」

旭希は長生をにらんだ。

「まさか、どこかで使おう、とか思ってないだろうね」

「なんで？」

長生は、心底不思議《ふしぎ》そうに旭希を見る。

「俺、こんな卑劣《ひれつ》な手段を使わなくても、やりたい相手とやれるけど？」

「あー、そうですか。そりゃ、ぼくが悪うござんした」

「わ、なつかしいな、それ」

長生はくすりと笑った。

「高校んとき、気に入ってたやつだろ」

「いまも普通に使うよ」

時代劇《じだいげき》かなんかで、悪うござんした、って言っていて、ああ、これはいいなあ、と思ったのだ。謝りたくはないけど、その場の雰囲気をあんまり悪くしたくないときに、おどけた感じで使う。そうすると、なんとなくうやむやになるのだ。

いまのは完全にいやみだけれど。

「そっか、そっか。変わらないものがあるって、いいな」

「なに言ってんの、急に」

旭希はぷっと吹き出す。

「長生がノスタルジックだ」

「うっせえな、たまにはいいだろ」

長生は顔をしかめた。

「おし、検証《けんしょう》つづきいくぞ」

「照れてる〜」

旭希は長生の顔をのぞき込む。

「敏腕《びんわん》社長さんが、照れてるよ」

「うるせえっての」

バン、と思い切り、頭をはたかれた。

うん、いいな、この感じ。昔に戻ったみたい。

「とにかくだ」

明らかに話を変えようとしているのはわかっていたけれど、旭希もさっさと終わらせたいので、それにのることにする。

「うん、何？」

「この男がただの乳首フェチで、大胸筋の部分だけで終わっていた場合は、セクハラだと気づかれない可能性もある、と」

「そうだね」

旭希はうなずいた。実際に、旭希には見分けがつかなかったし。

「あ、そうそう、あれだ！　ぼく、乳首いじられて勃っちゃったでしょ」

口にしたあとで、自分の言葉の意味に気づいて、ぼわっ、と、本当に火が出るかと思うぐらい真っ赤になる。

「あのっ…そのっ…ちがくて…えっと…」

「そういうのも検証だから、いちいち恥ずかしがらなくていい」

長生は顔色も変えず、さらっと流した。それは、とてもありがたいんだけど。

「長生はするほうだから、そんなに簡単に言えるんだよ」

恥ずかしいのは、しょうがない。長生だって、旭希の立場だったら、おんなじように感じたはず。

「え、だって、俺も勃ってたぞ。おまえ、気づかなかったのか？」

「ええっ！」

旭希はびっくりして、大声を上げた。

「勃ってたの⁉」

「そりゃ、乳首触ったり、旭希がかわいい声出したりするから。反応するだろ、フツー。だから、あんまくっつかないようにしてた」

「あ、そうなんだ」

そっか、長生も勃ったんだ。旭希とおなじく、男ならではの生理的反応なんだろうけど。それでも、なんだか嬉しい。

「だから、いちいち、そんなことでつまずくな。最後にイッたりとか、今後もあるから」

「えー」

旭希は眉をひそめる。

「そこは飛ばさない？」

「無理、無理」

長生は、即座《そくざ》に却下《きゃっか》した。

「ただ触られたぐらいじゃ、偶然だって言い張れるからな。イカされたから、セクハラ被害者の会みたいなのつくろうと思うぐらい、相手にむかついたわけだし。そこは割り切れ」

「…三か月じゃ、まったく労力に見合わないねえ」

なるほど、長生が一年間を考えるわけだ。

「そこは、のちのち応相談ってことで。検証つづけるぞ」

「応相談⁉」

てことは、もっと期間が延びるかもしれないってこと⁉

「のちのち、って言っただろ。さっきの話に戻れ。旭希が勃ってた。それで？」

応相談、って、忘れないようにあとでメモしておこう。

「ああ、うん。勃ってたの見たのに、それは生理現象だから、そのうち治まる、みたいなこと言ったでしょ。あれでね、ああ、なんだ、さっきのはちがうんだ、って。セクハラだったら、そこをそんなにして、みたいな感じで進めそうなものじゃない？」

「つまり、相手がいったん引いたことで、自分のかんちがいだと気づいた。だから、そのあと、もっととんでもないことをされてるのに、いやー、ちがうだろ、セクハラじゃないだろ、って考えたわけか」

「そう。そういうこと」

旭希は、ぱちぱちぱち、と手をたたいた。

「長生がきれいにまとめてくれたから、もやもやしてたのがすっきりした。うん、まさしくそのとおり。あ、ぼく、最悪なことに気づいた」

旭希は顔をしかめる。

「このトレーナー、何度もやってるよね。失敗していくうちに、最適な方法に気づいたんでしょ。うわ、サイテー」

「だから言っただろ」

長生は肩をすくめた。

「地獄を見せてやりてえ、って。被害にあったの、この人だけじゃないんだよな。けど、みんな、泣き寝入り。ひでー話だよ」

「ホントだね！　ちょっと、長生、がんばりなよ！　ぼくもできるだけ協力するから！」

長生だったからいいようなものの、知らない相手にこんなことされたら、旭希はしばらく、だれとも顔をあわせたくない。

いや、長生だって、本当はいやだ。友達だから、とかじゃなくて、もっとちがう意味で、こんなことされたくない。

「言ったな」

長生は、にやりと笑った。

「協力するって、いまはっきり口にしたな。よし、わかった。来週も、おなじ時間にうちに来い。つぎの検証するぞ」

「あー、あのー、毎週っていうのは…」

「あのな、この講演…じゃねえな、なんての？　ミーティング？　まあ、俺が打開案を考えて、みんなに提供するんだけど。それまで、時間はあんまねえんだよ。あと、なるべく早くしないと、本人たちの記憶も風化するし、相手からすれば、いったい、いつの話だ？　ってことになりかねない。つぎから、一日ふたつぐらいのペースでやるからな」

「ええっ！　そんなの無理だよ！」

二回もイカされるとか、絶対にいやだ。

「じゃあ、土曜限定じゃなくて、毎晩にするか？」

「あー、んー、それはちょっと…」

体がもたない。

「よし、一日おきでどうだ」

「そんなにせっぱつまってるの？」

長生はいつも強引だけど、さすがにここまでじゃない。

「一番の問題は、俺に、まだ名案がないってこと。全部やっていくうちに、何か見えてくんじゃねえかな、って期待してる」

長生は、まっすぐ旭希を見た。旭希が逆《さか》らえない、その真摯《しんし》な瞳《ひとみ》。

「…じゃあ、一日おきで」

そのぐらいなら、どうにかなる…かもしれない。

「サンキュ！」

長生は、ぐしゃぐしゃ、と旭希の髪を撫で回す。上機嫌《じょうきげん》なときに、よくこれをやられていた。

なつかしいね。

旭希は心の中でつぶやく。ノスタルジックになっているのは、長生だけじゃないらしい。

「じゃあ、つぎはあさってな。店が終わったあとだと、何時ごろになる?」

「九時ぐらいかな」

長生が一人暮らししているこのマンションは、お店から徒歩十分とかなり近い。自転車を飛ばせば、ぎりぎりまで片づけをしていても九時に間に合う。

「じゃあ、九時に。よろしくな、パートナー」

「…やなパートナーだねえ」

セクハラ検証の相手だなんて。

まあ、引き受けたんだから、しょうがない。

「それじゃ、ぼく、帰るね」

もう夜も遅い。今日は昼間、講演があったらしいから、長生も疲れているだろう。

「おう、またな」

メシでも食わないか、と引きとめられなかったことが、ほっとしたような、ちょっと残念なような。

長生といると、いつも相反《あいはん》する気持ちが交錯《こうさく》する。

もう、ずっと前から。

…長生を好きになってから。

「あっ…あっ…」

旭希は激しく自分のものをこすった。袋をやわらかく揉みながら、快感を高めていく。

さっき起こったできごとを思い返していたら、我慢できなかった。

長生の手が体中を這い、旭希の快感を引き出して、絶頂に導く。

何度も何度も、頭の中では描いてきた。でも、実際にそんなことが起こるはずがない、とあきらめてもいた。

そんなの当たり前だ。長生は、旭希のことなんか好きじゃない。中学のときからずっと彼女がとぎれたことがなくて、いまも、どんなに忙しくても週に一度は彼女と会っているらしい。その彼女が何か月に一度か変わるのが、飽きっぽい長生らしいといえばらしいけど。そのうち、真剣な恋をする。たぶん、まだ出会ってないだけ。そうなったら、あとは早い。会社は成功していて金銭的になんの問題もないし、年齢的にもちょうどいい時期。

俺、結婚するんだ。

少し照れたような顔で、そう打ち明けられる日がくることを覚悟している。

いや、むしろ、その日を待ちわびている。

そうすれば、ようやくあきらめられる。長生を忘れて、つぎの恋を探せるかもしれない。たとえ、それが無理で、しばらくは未練《みれん》がましく長生を好きでいたとしても、どうしようもない。

長生には大事な人がいる。

そのことが、たぶん、ものすごく悲しくて、傷ついて、泣きわめきたくなるだろうけど。その奥の奥、心のずーっと深いところでは、ほっとしているはず。ようやく解放された、と安堵《あんど》するに決まってる。

だいたい、高校を卒業して、進路が別れた時点で、決別するべき恋だった。どんなに好きでも報《むく》われない。それは、恋をした瞬間からずっと理解していて。

早く、この気持ちをなくさなきゃ。

そうやって焦ってきた。長生の悪いところを紙に書き出したこともある。

口がうまいだけで、話の内容としてはたいしたことがない。顔がいいとうぬぼれてる。みんな、自分の言うことを聞いて当然だと思っている。世界の中心は自分で、ほかは奴隷《どれい》のようなもの、と考えているフシがある。二股《ふたまた》を平気でかける。どんな子にも、かわいいね、と言う。

心で思っているのとちがうことを、真剣な顔で口にする。

その紙を読んで、うわー、ひどいやつ、と客観的に判断できた。

こんなやつ、好きになるはずがない。だって、いいところなんてないんだから。

でも、とささやく声に蓋《ふた》をしたい。

そんなことないよ、と諭《さと》す、もう一人の自分なんていらない。

人のいい部分をかならず見つけて、そこをきちんとほめてあげる。人当たりがよくて、いつも笑顔。機嫌が悪いところを見たことがない。他人の悪口を言わない。責任転嫁《てんか》もしない。どんなに大きなことを言っても、きちんと結果を出す。頼り甲斐があって、信頼を裏切らない。ほかにも、もっとたくさん。

悔しいことに、いいところは、悪いことの何倍も思い浮かんでしまう。

旭希は、とても人見知りで、中学に入学したとき、友達ができるのか不安で不安でしょうがなかった。

父親が喫茶店を始めるために仕事を辞めて、社宅を出ざるをえなくなり、喫茶店近くのマンションを見つけて、引っ越してきたばかり。小学校のころに仲がよかった友達とも離れてしまった。

中学に行っても、知っている人がいない。

それは、旭希にとっては大問題で。なんで喫茶店なんかやるの、お父さんのバカ！　と泣きながら訴えたこともあった。父親は、自分も泣きそうになりながら、ごめんな、お父さん、わがままでごめんな、と、旭希が泣きやむまで謝りつづけた。

あのときの父親の気持ちが、いまなら少しは理解できる。何かを始めるのは、勇気がいることだ。いままで築《きず》いてきたものをすべて壊《こわ》して、成功するかどうかわからないものに手を伸ばす。

母親が背中を押さなかったら、父親はきっと、家族のために会社で働きつづけただろう。

喫茶店のマスターになりたい。

それは、幼いころからの夢。でも、もし母親に、家族がいるのに自分勝手すぎる、とか、現実をわかってない、とか言われていれば、父親はそれをあきらめたはず。

夢を見るのは簡単でも、夢を叶《かな》えるのはむずかしい。

喫茶店経営が現実になって、父親は嬉しかったと同時に、ものすごい恐怖を抱いただろう。喫茶店が失敗したら、どうすればいい？　この年代になって、前の会社以上の条件で雇《やと》ってくれるところなんてない。失業状態が長くつづけば、経済面で母親に頼りきりになる。それに甘んじるのは楽だけど、父親にもプライドはある。母親だって、いつまでも父親が働かなければ、いらいらするだろうし、最悪、関係がうまくいかなくなって離婚もありえるかもしれない。

開業するにあたって、そのすべての可能性を考えていたとしても、実際にその日が近づいてくると、逃げたくもなる。怖くもなる。

旭希が不安だったように、父親も不安だった。

だけど、その両方の不安は、見事に消えてしまう。

父親は、喫茶店がうまくいくことで。

そして、旭希は、最初に声をかけてくれた長生のおかげで。

入学式当日、遅刻しちゃいけない、という緊張のあまり、朝早く家を出すぎて、学校に着いたら、まだ校門は開いていなかった。

どうしよう。いったん帰ろうか。

校門の前でうろうろしてたら、後ろから、ポン、と軽く肩をたたかれる。

振り向いたら、旭希とおなじぐらいの背の、くりっと目が大きい、はつらつとした印象の男の子が立っていた。

そう、あのころは、おなじぐらいの背丈《せたけ》だった。

いつの間にか抜かされて、全体的に大人っぽくシャープな印象になっていく長生と、背はそこから少ししか伸びず、子供顔のままの旭希。性格も、まったくちがう。長生は社交的で、旭希は引《ひ》っ込《こ》み思案《じあん》。

それなのに、ずっと仲がよかった。不思議なコンビだと、周りからは見られていた。

それも全部、入学式の日に始まったのだ。

「おまえが一番手かあ」

唐突《とうとつ》にそんなことを言われて、何も言えずに目をぱちくりさせている旭希に、彼は悔しそうに言う。

「俺、入学式は最初に来るって決めてて、めずらしく、こんなに早く着いたのに」

「あ、あの…」

旭希はうつむいた。

「ごめんなさい」

別に自分が謝る義理もないんだけど、なんだか、本当に残念そうだったから。

旭希は、たまたま早く来てしまっただけ。この人のように、目的があったわけじゃない。

「いや、謝ることはねえよ」

彼はくすりと笑った。

「どうしても一番乗りしたかったら、夜明け前とかに来ればよかったんだし。あー、まだ寒《さみ》ぃなあ、とかって布団《ふとん》にくるまってた俺が悪かったんだよ。あ、俺、大井長生」

おおいちょうせい？ 何それ。なんか、この辺だけに通じる方言《ほうげん》とかなのだろうか。

「変わった名前だろ。長生《ながい》きって書いて、長生」

あ、名前なのか。おおい・ちょうせい。つまり、大井さんちの長生くん。なるほど、たしかに、ちょっと変わってる。

でも、別におかしくない。ちょうせい、って響きは、かっこいいと思う。

「山本旭希です」

旭希は、ぺこり、と頭を下げた。

「あさき？ 変わった名前だな」

自分のことは棚《たな》にあげて、長生が言う。言われ慣れているので、特に気にならない。

「どんな字？」

「むずかしい字です」

一文字のあさひに希望のきです。そんな説明をしたところで、絶対にわかってもらえない。一文字のあさひはジョウヨウカンジじゃないから、小学校では習わないかもね、と母親は言っていた。たしかに、漢字の書き取りには出てこなかったし、いまだにあまりうまく書けない。ジョウヨウカンジがなんなのか知らないけど、むずかしいということだろう。

「どのぐらいむずかしいんだ？」

「自分でも書き順に自信がないぐらい、むずかしいです」

「へえ、書いてみ」

「えっと…」

旭希は手提《てさ》げカバンを開けた。いままではランドセルだったから、たったこれだけのことで、なんだか大人になった気がする。中から筆箱と、何かのときのために入れておいたポストイットを取り出す。そこに自分の名前を書いた。

「はい、これ」

それを長生に差し出す。

「うわ、ホントだ。見たことねえ」

長生はうなずいた。

「たしかにむずかしいな。そっか、おまえも名前で苦労してんのか」

「そうですね。漢字を説明するのが無理なので、こうやって書くぐらいしか」

「ていうかさ」

長生は眉をひそめる。

「なんで、そんな丁寧《ていねい》な口調でしゃべってんの？　旭希も新入生だろ」

さらっと、旭希、と呼ばれて、なぜか、どくん、と心臓が跳《は》ねた。こんなふうに、最初から気安く話しかけてくる人を、知らないから。

でも、長生の唇《くちびる》からこぼれる自分の名前は、とても親しみやすいもののように聞こえる。

なんだろう。不思議な人だ。

「そうです」

「俺もおんなじ。だから、もっと普通にしゃべれ」

「えーっと…」

普通って、どうだっけ？　いつも、どんなふうにしゃべってたっけ？

人見知りだから、初対面の人には、かならずこんな話し方になる。それを直すのは、大変なのだ。

「ちょっと無理かも…です」

「なんで？」

長生は、きょとん、と旭希を見た。

「俺ら、友達じゃん」

「…え?」

旭希は目を見開く。もしかして、旭希が覚えてないだけで、長生とは昔、友達だったりしたんだろうか。

いや、そんなはずがない。おたがい、変わった名前同士、会ってたら絶対に覚えてる。

「一番乗りを争ったら、もう友達だろ」

うわあ、すごく無茶《むちゃ》な理論。そんなに簡単に友達になれれば、だれも苦労はしない。

でも、友達、という言葉が、旭希の中に、ふわり、とやわらかく落ちた。

友達ができるのだろうか。

この中学に来ることが決まってから、いまのいままでずっと、不安に思っていたから。ただの社交辞令《しゃこうじれい》でも、ちょっとだけ嬉しい。

「でさ、旭希。ものは相談なんだが、俺が最初にここに着いた、ってことにしてくんね?」

「あ…別にそれは…うん…どうでもいいよ…?」

しゃべりかたを普通にしようとしたら、なんだか、たどたどしくなってしまった。長生は、ぷっと吹き出す。

「おまえ、変わってるな」

「そう…かなあ…」

どっちかというと、長生のほうが変わってるけど。

「そうだって。で、俺が最初ってことでいいか？」

「うん、いいよ」

別に、旭希は一番乗りを狙《ねら》ったわけでもないし。何番でもかまわない。

「よかった！」

長生は、ぱあっ、とまるで太陽が輝いたみたいな笑顔になった。旭希もつられて笑いたくなるぐらい、素敵《すてき》な笑顔。

きれいに笑う人だなあ。

旭希は、長生から目が離せなくなる。

「で、おまえ、どこ小？」

旭希は小学校の名前を告げてから、つけくわえた。

「知らないと思うよ。ぼくね、中学からこっちに引っ越してきたから」

「どうりで、知らない顔だと思った」

長生は、ぽん、と両手をあわせる。

「この学区内のやつらなら、たいてい顔見知りだからさ。名前聞いても覚えがないし、やっべえ、俺、自分が思ってるほど友達多くない？　って思ってたとこ」

「え、普通、学区内の人全員とか知らないよね？」

旭希は、小学校単位でもあやしい。一度もおなじクラスになってなければ、覚えてない自信がある。

「知ってるっての。まず、俺は生徒会長だったから、小学校は上から下まで全員知り合いだったし、バスケやってて、区内のバスケ部員とはみんな友達で、それからつながって、区のスポーツ大会で、ほかの運動部員とも仲良くなったたし、合唱部と吹奏楽部《すいそうがくぶ》にも入ってて、コンクールに出るたびに顔見知りが増えるだろ。あと、作文とか絵とか、無理やり書かされるじゃん？　どっかに展示するから、って。あれの学校代表に何度も選ばれて、うちの小学校には大井長生がいるんだぞ、って言えば、え、あの大井が！　って、みんなひれふしてた」

「すごいねえ」

旭希は、ぱちぱち、と目をまたたかせた。そんなになんでもできる人、いるんだ。まるで、スーパーマンみたい。

「あー、あれだ。旭希、これから先、だまされまくりの人生を送るから気をつけろ」

「…え、どういうこと？」

旭希は首をかしげる。

「生徒会長とバスケはホントだけど、あとは全部ウソ。だいたい、学区内の人間を全部知ってるとか、無理に決まってるだろ」

「だから、ぼくが最初に言ったでしょーっ！」

旭希はわめいた。

「そうだよ！　そんなに何もかもできる人なんていないんだ！」

「当たり前だろ。ちょっとは疑え」

「だって、すっごい真面目《まじめ》な顔して言うから！　だまされた！」

「俺の得意技」

長生は、にやっと笑う。

「ありもしないことを、いかにも本当かのように見せかけるの得意なんだ。その口があれば将来も安泰《あんたい》ね、って、親からもあきれられてる」

「あきれられてんの⁉」

それ、いいことじゃないよね⁉

「うわー、新鮮《しんせん》」

長生は楽しそうだ。

「もうさ、みんな、俺には慣れちゃって。そんなふうにつっこんでくれねえから。あー、はいはい、みたいな感じで流されるから。旭希みたいに、そこまで激しく驚いてくれると、俺もだまし甲斐がある」

「だまさないでよっ！」

まったくもって、信用できない。友達とかいうのも、言ってみただけなんだろう。

あーあ、せっかく、中学校で初めての友達ができたと思ったのに。

「まあ、いいじゃん。友達なんて、からかって、からかわれて、ってもんだろ。ほら、それに、旭希、もう普通にしゃべってる」

「あ、ホントだ」

長生がわけのわからないことばかり言うから、意識しないうちに、いつもの話し方になっていた。

「え、友達？」

また言った？

「そうだろ。ちがうのか」

長生が旭希をじっと見る。真摯なまなざし。いまも、ずっと変わらないもの。

「なんで、ぼくと友達になってくれるの？」

今日、初めて会ったばかりで、気があうかどうかもわからないのに。

「なんとなく！」

長生は親指を立てた握りこぶしを作り、それを顔のそばに持ってきて、笑いながら手を動かした。なんだかむかつく動きなのに、長生がやると、自然とこっちも笑顔になる。

「それに、友達になるのに理由なんていらねえだろ」

「え、そうなの？」

旭希は、きょとんと長生を見た。

「そうなんだよ。だから、いまこの瞬間から、俺と旭希は友達。ほら、握手」

手を差し出されて、それをとっていいのかどうか、ほんのつかの間、本当に一瞬だけ、悩んだけど。

友達になりたいな。

そう自然に思えた。

長生と友達になりたい。

だから、握手をした。長生の手は温かくて、まるで包まれてるみたいに思える。

「あーっ！」

かなり遠くから、叫び声が聞こえてきた。

「ちょっ、マジかーっ！　長生、いんじゃん！」

だだだーっ、と駆《か》けてくる足音。

「ウソだろ！　いつも遅刻ぎりぎりだったおまえが、なんで起きれたんだよ…あれ、もうひとりいる」

「あ、こいつ、旭希。引っ越してきたばっかなんだって。よろしくしてやってくれ」

なぜか、長生が旭希の保護者みたいになってる。

「アサキ？　アサキって名前？」

「そう。変わってんだろ」

「おまえにだけは言われたくねえと思うぞ」

うん、そうだよね。ぼくも、ずっとおなじこと考えてた。

「ま、それはおいといて。おい、アサキ」

え、いきなり呼び捨て⁉　この辺の人たちは、みんな、過剰に親しみやすい、とかなの？

「おまえ、先に学校に着いてなかったか。長生より前に、ここにいただろ！　いたって言え！」

長生を、ちらり、と見ると、両手をあわせて、旭希を拝《おが》んでいる。

ふーん、なんか、あるんだろうな。

それはわかったけど、友達はかばいあうもの。ここは、かっこいいところを見せよう。

「ううん、長生が先にいた」

するり、と呼び捨てにしていた。そんなことができた自分に驚いて。でも、それが当たり前みたいに、言葉が出てくる。

なんだろう、この人。

旭希は長生を、まじまじと見た。

人見知りで、仲良くなるのに時間がかかる旭希の中に、すっと入り込んできて、もう完全に友達の顔で居座っている。

そして、それが不快《ふかい》じゃない。

不思議だなあ。

旭希は首をかしげる。

なんだろう、これ。なんか、体中がふわふわしてる。

「げー！　俺、一学期の間、給食のデザート、全部、長生にやんなきゃいけねえのかよ」

「だから、言っただろ。俺は、デザートのためなら早起きができる男だって」

え？　そんな賭《か》けをしてたの⁉

うわー、バカみたい。

ちらりと長生を見ると、長生が、サンキュ、と唇だけで言って、ウインクをした。

どくん！

心臓が跳ねるのを感じる。

何これ。変なの。ただ、ウインクされただけなのに。

ぎゃーぎゃー二人が言い争っている間に、事務の人だろうか、きちんとスーツを着た女の人がやってきて、校門を開けてくれた。自然に三人で中に入ることになり、そのまま、校舎に入ろうとする。

「あれ、あなたたち、新入生？」

校門を開けてくれた女の人が、真新しいカバンに気づいたのか、声をかけてきた。

「はい、そうです」

長生がさわやかな笑顔で答える。

「入学式は午後からよ。また、お昼すぎにいらっしゃい」

毎年いるのよね、と微笑《ほほえ》みながらつけくわえて、彼女は立ち去っていった。三人できょとんとしながら顔を見あわせて、ぷっと吹き出す。

そのまま、しばらく笑いつづけていた。

午後になって出なおした入学式では、長生を中心にその話題でもちきりになり、自然と旭希もその輪の中に入っていた。その日のうちに友達はたくさん増え、学校に通うのが楽しくなった。

それもこれも、全部、長生のおかげ。

初めて会ったときに感じた気持ちが恋のつぼみのようなものだと気づいたのは、中学校を卒業する直前ぐらいで。どうしてもおなじ高校に行きたい、と熱に浮かされたように思う自分を冷静に分析したら、それはすでに恋に進行していた。

それから、ずっと長生に恋をしつづけている。

報われることなんてないのに。

長生は、旭希のことを友達としか思ってないのに。

それでも、好きな気持ちはなくなってくれない。

「長生…ちょうせっ…」

今日されたことを思い出しながら、自身を触り、乳首をくりくりといじり、初めて、後ろにも手を伸ばした。

中に入れるのは怖くてできなかったけど。

これは長生の指。

そう思うだけで、体の奥がうずく。

「んっ……いいっ……もっとぉ……」

自分を慰《なぐさ》めながら、長生の名前をよぶ。

裏切り行為だと、ずっと思っていた。いまでも、それは変わらない。

後ろめたくて、やめたくて。

でも、自然と長生の顔が浮かんでしまうのだ。

だから、セクハラの相手なんか、したくなかった。恋をこじらせるだけだとわかっていたから、断りたかった。

長生の手の感触。触り方。体温。

そんなものを知ってしまって、もとに戻れるわけがない。

長生が自分のものになる望みなんてないのに。

そもそも、恋が叶うことを求めてもないのに。

あんなに本格的にセクハラをされて。弱い乳首をさんざんいじられ、中に指を入れられて、長生の手に放った。

あの瞬間、頭がおかしくなるんじゃないか、と怖くなるぐらい、気持ちよくて。

だけど、その反面、ものすごく醒《さ》めてもいた。

長生は、望んで旭希に触っているわけじゃない。検証が必要で、それを気軽に頼めるのが旭希しかいなかったから。

これからしばらくつづくのか。

そう思ったら、期待と不安がうずまいた。長生はいつだって、相反する感情をくれる。そして、どっちが勝つのか、旭希にもわからない。

「あっ…あぁっ…長生っ…んっ…」

ぐりっ、と長生がやったように先端をいじったら、白いものが、どぼっ、とこぼれた。さっき出したばかりなので、そんなに量はない。

はあ、はあ、と大きく息をつきながら、ティッシュで精液《せいえき》をぬぐう。

罪悪感《ざいあくかん》は、いつもよりひどかった。自己嫌悪も、一緒についてくる。

あきらめたい。

真剣にそう思う。

これから何度かわからないけど、セクハラをされて。そのたびに、体は喜ぶのに、心は痛くなるだろう。

好きな気持ちさえなければ、コーヒーのため、と割り切れる。

ああ、長生の指だ。

そんなことを考えているなんて、絶対に知られたくない。

だから、一刻《いっこく》も早く、好きじゃなくなりたい。いっそのこと、きらいになれればいい。

いますぐだれかと結婚してくれないだろうか。

本格的に手の届かない人になってくれないだろうか。

人生の半分以上、長生を好きなままで。自分からあきらめるのはむずかしいと知っているから。

長生のほうから離れていってほしい。

だれかのものになってほしい。

お願いだから。

旭希の心が、耐《た》えられなくなる前に。

どうか。

旭希じゃない、だれかのものに。

3

「最近は、仕立てでスーツを作る若い人は減っていましてね」

首にメジャーをかけて、腕には時計のように小さな針山《はりやま》を巻き、メガネまでかけて、格好まで仕立て屋になりきった長生が、やわらかい口調で告げた。

今日の旭希の役割は、営業成績が悪くて、上司に、安いつるしのスーツなんか着てるから気合いも入らないんだ、ちゃんとしたところを紹介してやるからスーツを仕立ててこい、と命令された会社員。

その時点で、すでにパワハラっぽい、と思うんだけど、本人もどうにか成績をあげたくて必死だったので、なるほど、と納得したらしい。

会社員も、なかなか大変だ。

上司の紹介だから、少しぐらい何かあっても逃げるわけにはいかない。仕立て屋のほうも、それを重々承知《しょうち》している。

だからこそ、セクハラまがいのことができるのだろう。

「つるしだと、自分の体型にあっていなくて、まるでスーツに着られているようになります。わたくしが作るスーツを着ていただければ、そのちがいに驚かれるかと」

「そうなんですか」

旭希は感心したように答えた。話の内容にじゃなくて、長生の、いかにも本物らしいふるまいに。こないだも思ったけど、長生の言葉を聞くと、なるほど、とうなずいてしまう。さすが、口から先に生まれた男、と、みんなから呼ばれるだけのことはある。

「そうでございます。なにせ、体の細《こま》かい部分までを測定し、あなたさまにぴったりの一着を仕立てるのですから。えーっと、お名前は…」

「山本です」

「山本さま」

長生に名字で呼ばれるのは、もしかしたら初めてなんじゃないだろうか。

いやいやいやいやいや。ちがう、この人は長生じゃない。セクハラ疑惑のかかった仕立て屋さん。ちゃんと、そのようにふるまわないと。

なんだか新鮮《しんせん》、とか考えてる場合じゃない！

「それでは、山本さま。洋服を脱いで、下着だけになってください」

「えーっと、下着というと…」

「パンツのみです」

長生は、しらっと言う。

「えっと…それは…」

メジャーで測るんだから、脱ぐのは当たり前。そう頭の中で理解をしていても、やっぱり躊《ちゅう》躇《ちょ》してしまう。

「わたくしはプロフェッショナルですから」

長生はすまし顔だ。

「さっと終わらせてしまいます。それに、山本さまも、言葉は悪いですが、素材の一部だとしか思っていませんので」

「素材の一部？」

「そうでございます」

丁寧《ていねい》な口調が、なんだか、いらっとする。

あなたにはわからないんですから、言われたとおりにしていればいいんです。

たぶん、言葉の裏には、そんな意味が含《ふく》まれている。気が弱ければ、無言の圧力に屈《くっ》しそうだ。

あ、そうか。長年、いろんなお客さんを見てきて、人を見分ける目を養《やしな》ったのだろう。

あれ、なんか変だな、と感じても、こういうものでございます、と、なんでもないみたいに言われたら、なんだ、かんちがいか、とあっさり納得するような。こないだのジムのトレーナーも、たぶん、そう。気が強くて、何をするんですかっ！　とわめくような人は、もともと相手にしない。

うわー、なんか腹立つな。セクハラって、ホント、最低。

「型紙を作るために、山本さまの腕や足の長さ、胸回り、腰回りなどのサイズが必要なのですから。わたしくには、山本さまのお体は、ただの数値でございます。ですから、さきほども申しましたが、下着だけになってください」

こんなことで、いちいち時間をとらせんじゃねえよ。

丁寧な口調の裏側で、いらだった声が聞こえたような。

「わかりました」

ここでぐずぐずしていても、検証《けんしょう》が遅れるだけ。旭希は思い切って、さっさとすべてを脱いだ。

「ご理解いただき、ありがとうございます」

長生は満足そうだ。

「それでは、まず最初に、上着から作らせていただきます。両手を肩に水平にして開いてください」

肩に水平？　まーた回りくどいことを。やっぱり、このしゃべり方、カチンとくる。慇懃無《いんぎんぶ》礼《れい》とは、まさしくこういう人のことだろう。

もちろん、そんなことを口にはせず、旭希はおとなしく腕を肩まであげる。

「測らせていただきます」

しゅるり、と首にかけていたメジャーを取って、長生は肩のつけねから手首までの長さを測った。指で目盛りを押さえて、首に下げていたメモ帳に数字を書く。

ああ、メモ帳はそのためのものなのか！　被害者からのレポートのコピーでも入っているのかと思っていた。

「つぎは、腕を体の横につけてください」

この調子で、腕の長さ、胴回り、首のつけねから腰まで、など、たくさん測られる。本物の仕立て屋がそこまで細かく採寸《さいすん》するのかはわからないけど、もしそうなら、結構な重労働だ。

「ああ、胸回りを忘れてました」

長生は、ぽん、と手をたたく。

「少し腕を横に開いて、そのままの姿勢でいてください」

そろそろ測られ疲れ（そんな言葉があるのかどうかは知らないけど）してきた旭希は、うんざりしながらも手を横に出した。オーダーメイドって、作る前ですでにこんなに時間がかかるんだ。そりゃ、値段も高いはずだ。結果、若い人たちの足が遠のき、廃《すた》れていく。本当にいいものを、とよく言われるけれど、不景気《ふけいき》のこの時代、スーツに大金をはたいていられない。

「それでは、失礼しまして」

長生は前に回り込んでくると、メジャーをくるりと胸のあたりに回す。なかなか手つきがいい。

「ある程度の遊びがいりますから、きっちりとは測らなくていいですが。胸回りは少し特殊《とくしゅ》でして。乳首の上を通ること、と決まっております」

「ああ、たしか、身体測定のときもそうでした」

じゃないと、どこを測っていいのかわからないからだろう。少しくすぐったくて、乳首が立ったのをからかわれた子もいる。

「ぴったりとくっつけますよ」

長生が持っているのは、布製のやわらかいメジャー。特製なのか、肌に当たっても、なかなか心地いい。

「はい」

これから足のほうもあるんだから、早くしてほしい。さっと測って、さっと終わる。それが理想的だ。

長生はメジャーを乳首にそっとかぶせると、そのまま、ぎゅいん、という感じで、上下にこすった。

「あっ…」

その急な刺激に、旭希は声を漏《も》らしてしまう。

「くすぐったいですか?」

長生は平然とした様子で聞いてきた。

「はい…ちょっと…」

「すみませんね。位置がずれていたもので。メジャーでちょうど乳首が隠れるぐらいがいいんです」

言いながらも、長生はメジャーを上下に動かしつづける。そんなことをされると、旭希の乳首は簡単に、ぷくん、とふくらんだ。

「やっ…あのっ…きっちり隠れなくてもっ…いいんじゃあ…んっ…んんっ…」

長生はメジャーのはしを右の乳首に持ってくる。角の硬い部分で乳首を刺激されて、旭希は腕を上げていられなくなった。

「ああ、だめですよ」

長生が軽く旭希をにらむ。

「そうやって腕をくっつけられると、胸回りが測れません。上げてください」

旭希は何か反論しようと思ったのだけれど、乳首が感じるからやめてください、なんて言っても、通用しないに決まっている。

だから、どうしたんですか？　これも必要なんです。

そう言い返されたらおしまいだ。

旭希は唇を噛んで、腕を上げた。

「もう一度、測り直しますよ」

長生は、今度はすばやくメジャーを巻きつけると、重なった部分を指で押さえて、すぐに巻き取った。ああ、よかった、これで上半身は終わりだ、とほっとしたのもつかの間。

「ん？」

長生は眉をひそめた。

「さきほど、念のために記憶していたサイズとちがいますね。少し太くなっている。こんな短時間で数値が変わるわけはないのだから、少し調べましょう」

「え…記憶ちがいじゃあ…」

「わたくしがですか？」

ふん、という鼻息が聞こえそうだ。

「そんなことはないと思いますが、たとえ、そうだとしましても、どちらの数値で作ればいいのかわかりませんので、再度、計測させていただきます。お手数をかけて申し訳ありません」

謝られているのに、バカにされているように感じる。とはいえ、ここで、いやです、と言ったところで、どうしようもない。

旭希はおとなしく腕を上げた。

「やはり、乳首を起点に、きちんと測らないといけませんね。山本さまがくすぐったそうでしたので、あまり触れないようにしましたが。少し我慢してください」

「は…い」

これにもまた、うなずくだけ。さっきまでと同じように、長生はまず背中にメジャーを回して、ゆるめに位置どりをしてから、前に持ってきた。そのまま乳首の位置をたしかめるかのように、メジャーを押し当てる。

「ふむ」

長生は興味深そうに、乳首に視線を向けた。乳首をこするようにメジャーを何度か上下させられて、旭希は腕を下ろさないように、ぎゅっと拳《こぶし》を握《にぎ》る。また初めから、は絶対にごめんだ。

「山本さま、乳首は大きいほうですね」

「…え?」

唐突《とうとつ》にそんなことを言われて、旭希は目を丸くした。

「あ、ちがいました。大きさじゃなくて、硬度ですね。硬くなりやすい、と言いましょうか。だから、胸回りの数値が変わったんです」

「そ、そんなに変わるわけがありません!」

乳首がとがって突き出たから、胸囲が増えた。

そんなの、ありえる⁉

「いえ、変わります」

長生は、しらっと答える。

「ほんの数ミリのちがいでも、わたくしにとっては大きいんです。乳首を触るととがるのは、それはもうしょうがないんですが。それが、誤差の範囲内なのかどうか、きちんとたしかめないと」

「どうやって…」

「限界までとがらせます」

長生はメジャーを巻き取って、首にかけた。

「いやっ…いいですっ！　だって、少しぐらい変わっても、スーツに支障《ししょう》はないですよね⁉」

そうだよね⁉　下着とかじゃあるまいし、数ミリぐらい、どうでもいいよね⁉

「山本さま」

長生はにっこり笑う。

「どうして、わたくしが、ここまで細かく採寸しているとお思いですか？」

「…いいスーツを作りたいから？」

それ以外の目的だったら、許せない。

「それもありますが、ご紹介いただいたご上司さまから、スーツだけいいのを持っていても、ほかが見劣《みおと》りするから、シャツも一緒に作ってやってほしい、とお申し出がありました。これは内緒にしておいて、お届けするときに、ご上司さまの粋《いき》なおはからいがわかる、いわゆるサプライズだったのですが。シャツはいらない、ご上司さまの好意を拒否《きょひ》する、そういうことでよろしいんですね？」

うわあ、こんなこと言われたら、拒絶《きょぜつ》なんかできない。会社で働いたことがない旭希でも、上司の機嫌《きげん》を損《そこ》ねるのが得策《とくさく》じゃないことぐらい理解できる。

「スーツとちがって、シャツはほんの数ミリ単位で着心地がちがってきます。わたくしのプライドにかけましても、きつかったり、ぶかぶかすぎたりするものを作りたくはありません。体にぴたっとしているのに、着やすい。そんなシャツを仕上げたいのです。ですから、わたくしのやり方が気に入らないのであれば、どうぞ、このままお帰りください」

長生はドアを手のひらで示した。

営業成績が悪くて、それをどうにかしたい。上司も心配してくれていて、シャツまでプレゼントしてくれる。

そんな状況で帰れる人がいたら、見てみたい。

「全部おまかせします」

旭希は深く頭を下げた。

「いろいろ言って、すみません。つづけてください」

「わかっていただければいいんですよ」

長生は目を細める。

罠《わな》にかかった。

そう思っているように見えるのは、これがセクハラ疑惑だと知っている、旭希の考えすぎだろうか。

「それでは、乳首をいじらさせていただきます」

長生の手が迷いなく伸びてきて、両方の乳首を、ぎゅっとつまんだ。引っ張るようにされて、少しの痛みと、それ以上の快感を覚える。

「あっ…んっ…あぁっ…」

旭希は唇を噛むけれど、声が漏れてしまった。長生は、それが聞こえないかのように、何も言わない。

ぷるぷる、と指で上下に動かされて、旭希の乳首は、きゅう、と縮《ちぢ》まり、つん、と突き出す。たしかに、男にしては乳首は大きめだ。とがってくると、簡単に指でつまめてしまう。カリカリと爪《つめ》で引っかかれて、旭希は思わず、長生の肩をつかんでしまった。はっと気づいて離そうとしたら、長生に笑顔で言われる。

「ああ、大丈夫ですよ。そのままつかんでいてください」

少し迷ったけど、足に力が入らなくなってきているので、その言葉に甘えることにした。支えがあるとわかったからか、長生の指は、もっと大胆《だいたん》に乳首をいじり出す。

乳輪ごと引っ張られて、離される。乳頭を指の腹で、ゆっくりとなぞられる。ぎゅう、と押し込められて、それに反発するように、ぴょこん、と出てきたところを、指で何度も弾かれる。

「やっ…あぁっ…いやっ…だめぇ…」

声は、抑えることができなくなっていた。膝もがくがくして、よろけてしまいそうだ。頭の中が、ぼーっとし始めたころ、ようやく長生は乳首を離してくれた。

「これ以上は硬くならないみたいですので。これで測ります」

長生はメジャーを回して、数値をメモして、満足そうに旭希を見る。

「すばらしいシャツができますよ。期待していてください」

旭希は答えられずにうなずくだけ。息があがっているので、声を出したくない。

「つぎはズボンです」

そうか、まだ終わりじゃないんだ。乳首をいじられなくてよくなっただけ。

「足の側面、内側、腰回り、と測っていきます。胴回りはシャツのときに測ってありますので、そこは心配しないでください」

「はい」

ようやく息が治まった。しゃきっとしているところを見せたくて。もうなんともない、と示したくて。旭希は普通に答える。

まずは足の側面。足のつけねからと、胴から、二種類測られた。こういう、ちゃんとしているところもあるから、セクハラだと決めつけられないのだろう。

「内側ですが、足を少しだけ開いていただけますか」

旭希は肩幅ぐらいに足を開く。

「それでは、測るのに邪魔《じゃま》になるので、玉と竿《さお》を、反対側に寄せてください」

何を言われているのか、最初は理解できなかった。ぽかん、としていると、長生の手が、やわらかく玉に伸びる。

「ほわっ！」

わけのわからない声が出た。長生は顔色ひとつ変えず、旭希自身ごと、ぐいっ、とメジャーを当てているのと反対のほうへ持っていく。

玉と竿。そういうことか。

「あ、あの…自分でやります」

「いいです。すぐに終わりますから。ああ、でも、そうですね。このメジャーを持ってくださるとありがたいです」

足のつけねの内側にあるメジャーを指し示されて、旭希はすばやくそこを押さえた。さっさとしないと、この状況はやばすぎる！

だけど、旭希が心配するようなことは何もなく、長生はまずは片足を測り終えた。

「メジャーを反対にずらしてください」

「はい」

旭希は、いままでこんなに急いだことはないんじゃあ、というほど高速で手を動かして、つけねにメジャーを当てた。その合い間に、長生は今度は玉ごと旭希自身を逆に動かす。

ん？　んん？

かすかに揉まれた気がした。二つの袋を、やわらかくこすりあわせるように手を動かされたような…。

気のせいか。

長生を見ても、足首にメジャーを持っていって、数字を読んでいるようにしか見えない。

そう思ったところで、今度は旭希自身を指でなぞられた。さっき、乳首をいじられていたせいで、かすかに勃ちあがっていたそこは、そのぐらいの刺激で半勃ちになってしまう。

うわ、やばい！　隠さなきゃ！

「はい、これで、足の長さは終了です。もうメジャーを離していいですよ」

長生は上も見ずに、そう告げた。旭希自身を触っていた手も、すぐに離してくれる。

よし、これなら、さりげなく手で隠せる。

旭希はメジャーを離して、なんとなくそこで手を組んでみました、みたいな格好で、自分自身を両手で覆った。

「最後に腰回りなんですが」

長生は顔をあげる。

「うちの売りは、勃ってても隠せるズボンなのです」

は⁉　なんだ、それーっ！　世の中、そんなものが売りになんの⁉　うそだよね⁉

長生は、驚いている旭希をまったく気にすることなくつづけた。

「それはもう、みなさまからご好評《こうひょう》をいただいております。普通は、ここで自分で屹立《きつりつ》させていただくのですが、山本さまには、その必要はありませんね」

「そんなことないです！」

旭希は即座に反論する。

「ぼく、勃ってないですからっ！」

さっき、触られたのは、それをたしかめるためだったのか。

「そうですか。では、見せていただきます」

長生は迷いなく、旭希のパンツを下ろした。半勃ち状態だった旭希のものが、ぽん、と飛び出す。

「ああ、そうですね」

長生は旭希のものに手を伸ばした。

「これだと、完全には屹立していませんので。もう少し硬くさせていただきます」

言うなり、長生は旭希をこすり始める。

「やっ…やめてくださっ…」

「ご自分でなさるよりも、わたくしがやったほうが早いんですよ。ほら、もうこんなにべとべとしてます」

長生が旭希の先端を、ぐりっ、と撫でた。袋を二つともやさしく揉みこまれて、旭希はがくがくと体を震わせる。

「わたくしの肩につかまってください」

座ったままだったのは、このためか。

だれがそんなこと！　と心情的には反抗してやりたいのに。すとん、と腰が抜けると困るから、旭希は、ぎゅう、となるべく強く、痛みを与えてやろうと長生の肩をつかんだ。

長生の手は旭希のをこすって、完全に勃ちあがらせる。

「それでは、測ります。少しの間、きちんと立っていてください」

ぐっと膝の裏を押されて、旭希の背筋が伸びた。その一瞬の間に、長生は腰回りを測る。

「それと、当然のことながら、勃ってないときのもいりますので。やわらかくしますね」

意味がわかって、それを避けようとしたときには遅かった。すでに、長生は旭希のものをつかんでいる。

「あのっ…自分でっ…」

この状態で我慢なんかできない。長生にされるか。自分で始末するか。その二択だ。

だったら、自分でやる。

「いえ、わたくしがいるとなると緊張して、おできにならないかたのほうが多いですので。わたくしがやります」

長生はくびれの部分を握って、手を上下に動かした。こうなると、男は弱い。快感に負けて、抵抗できなくなってしまう。

「やっ…あっ…あぁっ…」

長生のもう一方の手が袋を揉んで、そのまま奥に滑《すべ》った。双丘の割れ目を指でなぞられて、旭希の体が、びくっ、と跳ねる。蕾《つぼみ》を押さえられたら、腰がかすかに沈んだ。

長生の指は、また袋まで戻り、そのあと、ゆっくりと焦《じ》らすように入り口に進む。その間に性感帯でもあるのか、ぞくぞく、としたものが腰の奥から湧《わ》きあがってきた。

旭希自身はこすられたり、握られたり、先端をぐりぐりされたり、で、いつ放ってもおかしくない。なのに、イキそうになったら手を止められる。わかっててやってるとしか思えない。

入り口をなぞっていた長生の指が、中に入ってきた。何度も撫でられてゆるんでいた入り口は、それをすんなりと受け入れる。ぬちゅ、と音がしているのは、旭希が濡らしたものが指についたからだろうか。

指を抜き差しされて、旭希は長生の両肩をつかんだ。

「んっ…やっ…やぁん…」

長生の指が何かを探るように動き、ある一点をぐっと押した瞬間。

「だめぇぇっ…」

旭希は、がくがく、と体を震わせながら放つ。自身を触られていたのかどうか、その覚えすらない。

「これで測れますね」

長生は平然と言うと、腰回りを測った。そのまま崩《くず》れ落ちる旭希に、

「またのご利用をお待ちしております」

笑顔で言うのも忘れずに。


今日はシャワーじゃなくて、お風呂を借りた。ゆっくり湯船につかって、頭も体もリフレッシュさせたかったからだ。

何も考えずにのんびりするつもりだったのに、頭の中に、さっきの行為がぐるぐる回り、怒りのあまりお風呂を飛び出してしまう。素早く洋服を着て、長生のいるリビングに走り、開口一番、旭希はわめいた。

「世の中って、こんなにセクハラがはびこってるわけ⁉」

あれから一週間が過ぎている。月曜は、わざわざスーツを着させられて、部長にセクハラされる部下だった。水曜は営業先で契約をちらつかさられて体を触られる役。金曜は、長生が忙しくてキャンセル。そして日曜日。旭希のお店が休みだから、三時からと早めに始めていた。

この四回で思ったこと。

　旭希が知らなかっただけで、こんなにいやな思いをさせられている人たちがたくさんいるんだ。それは、なんて腹立たしいことなんだろう。

「いやー、そうでもねえだろ」

　長生は缶ビール片手に、肩をすくめる。

「だからこそ、ネットを通じて、ほかの被害者を探そうとしてるんだし。もともと、男に欲情する人間が少数派だ、ってこともあるだろうけど」

「でもさ！」

「まあまあ」

　長生は旭希をなだめた。

「対策はちゃんと考えるから。そこは俺を信頼して、まかせとけ」

「…わかった」

　たしかに、旭希は憤《いきどお》るだけで、解決策が思いつかない。

「今回みたいなのは、気づきにくいからなあ。最後になんないと、はっきりセクハラだってわからねえのは、本人も困るだろうな」

「ホントに。どこまでがちゃんとした仕事で、どこからがセクハラなのか、区別がつかないんだよねえ」

　旭希は、うんうん、とうなずいた。今日だって、たぶんセクハラなんだろうけど、でも、仕立ててよくわかんないし、これが普通なのかもしれない、と思ってしまった。ジムのトレーナーのときとおんなじだ。

「まあ、それはあとから分析するとして、とりあえずビールでも飲まねえ？」

「飲む！」

飲まなきゃ、やってらんない。

長生は、自分も残った缶ビールを飲み干して、冷蔵庫に新しいのを取りに行った。

「なんか、瓶《びん》ビールの気分だな」

そう言いながら、冷凍庫で凍《こお》らせたジョッキと瓶ビールを抱えて戻ってくる。

「ジョッキは常温か、冷やすとしても冷蔵庫ぐらいがいいんだって」

旭希が言うと、長生は、ふん、と鼻を鳴らした。

「そういう屁理屈《へりくつ》はな、キンキンに冷えたビールを飲んだ瞬間にどうでもよくなるんだよ。泡《あわ》が多かろうと、ジョッキが冷えすぎてようと、とにかく、ビールはうまい。ビールは正義。なんか文句あっか」

「ない！」

旭希も、ジョッキは凍ってるほうがいい。正直、ビールの味のちがいなんて、そんなにわからないし、どの銘柄《めいがら》でも気にしない。飲み比べても、当てる自信もない。

ビールは正義。

うん、いい言葉だ。

長生は瓶ビールの栓《せん》を抜くと、豪快《ごうかい》にジョッキに注《そそ》ぐ。泡だらけになったのを、少し待って。半分ぐらいに減ったところで、またつぎたした。ジョッキがふたついっぱいになると、ちょうど瓶の中身がなくなる。なかなか、注ぐのがうまい。

乾杯《かんぱい》、とジョッキをあわせて、ぐっと飲んだ。お風呂あがりの乾《かわ》いたのどに、ビールがしみる。

「おいしーい！」

ビールの最初の一口には何も勝てないんじゃないか、と思うほど、おいしい。

「うん、うまいな」

長生は二杯目だというのに、おいしそうだ。半分ぐらい飲んだところで、長生が、食いもん探してくる、と立ちあがる。戻ってきたときには、スルメと柿ピーを両手に持っていた。

「乾きもんしかなかった。これだけだと寂《さび》しいから、ピザでも頼むか」

「ピザ頼みたい！」

旭希は、はいはーい！　と、張り切って両手を挙げた。

「デリバリーのピザなんて、何年ぶりだろう」

旭希はうっとりとつぶやく。一枚が二千円以上する、旭希にとっては超贅沢品《ぜいたくひん》。

おまえ、あれの原価知ってるのか？

父親にあきれたように言われて、却下されるだけなので、家では頼めない。ピザが食べたければ作ってやる、と生地《きじ》からこねてくれる。たしかに、父親のピザはおいしいんだけど、デリバリーでしかありえない、四種類混ぜました！　みたいな豪華《ごうか》さが恋しいときがある。

「ピザって、そんなに長いスパンで食べないものか？」

長生はけげんそうな表情になった。

「ピザは食べるけど、うちはデリバリーが禁止なの。高すぎる、って」

「そうか？」

長生は首をかしげる。

「イタリア料理屋で食べても、似たような値段だろ」

「うちの父親、生地から作るから。タダみたいなものに金出すな、って」

「あー」

長生は苦笑した。

「そういうことか。けどさ、ラーメン屋だって、インスタントラーメンは食べると思うんだよな。それも、結構うまいなあ、と思いながら」

「ん？　それはいいんじゃない？」

旭希は、そうだよね、と頭の中を整理する。高いからダメなら、安いインスタントラーメンを食べる分にはいいわけで…。

「だって、ラーメン屋だろ。自分とこで作ればタダじゃん」

「ああ！」

そういうことか。

「けどさ、ずっとおんなじ味だと、いやになるだろうし。インスタントじゃなくても、他店のラーメンも食べに行くんじゃね？　原価知ってたとしても、さ」

「うんうん、それならわかる」

旭希は、こくこく、と何度も首を縦に振った。

「そうだよ！　あのデリバリーの味がいいんであって、高いとか高くないとか、そういうので割り切れる問題じゃないよねえ」

「そこまでおおげさなことでもねえけどな」

長生は笑う。

「ほい」

長生はマガジンラックに入っていたチラシを、どさっと旭希に渡した。

「それ、全部登録してあるところだから。好きなの選べ。ピザじゃなくて、寿司《すし》とか中華とかもあるぞ」

「ううん、絶対にピザ！」

チーズの焼けた匂《にお》い、もっちもちの生地。ソースはトマトかなあ、マヨネーズもいいな。あ、バジルペーストもいい。

「どこがおすすめ？」

「どこも、たいして変わんねえよ。んで、どこもうまい」

「そうなんだよねえ」

旭希は五種類ほどのチラシを前に、うーん、と悩んだ。

「あ、ここ、料理もおいしそう！」

なんたら賞を取った、というあおり文句に魅《ひ》かれる。

「ああ、そこはうまいけど、時間かかんだよな。特に日曜のこの時間だと…いや、いまなら大丈夫かもな」

まだ四時すぎ。夕食にはちょっと早い。

「よし、頼むか」

「わー、じゃあ、このセットがいい！」

ピザとパスタと前菜とオーブン料理で五千円ちょっと。これだけあれば、量的にも十分だ。

「お、いいな。じゃあ、注文するか」

ピザはトマト味だな、とか、パスタはじゃあ、クリーム系にしようか、とか、選べる中から真剣に選んで、長生が電話で注文してくれた。

「九十分待ちだってさ」

「へえ、この時間なのに。人気だねえ」

「もうちょっと遅いと、三時間とか言われるぞ」

「うわあ、それはさすがに待ちたくない」

三時間だったら、ほかのところに注文する。

「しかし、長生は、ずっとネット関係の仕事してるのに、オンラインオーダーとかしないんだね」

ピザ以外のデリバリーは、旭希のところでもするので、あの便利さはありがたい。最初の登録が面倒なだけで、あとは長生でも簡単にできる。

「おうよ。家からパソコンを排除《はいじょ》したからな」

「え、それはさすがに、不便じゃない？」

検索《けんさく》したいこととかあったら、どうするんだろう。

「いや、会社で使うのすら四苦八苦《しくはっく》してんのに、家でまで触りたくねえもん。ケータイとファックスでどうにでもなんだよ、連絡なんて。おお、そうだそうだ。パソコンからファックスに送れるんだな。あれには、すげー！　って感動した」

「…うん、そうだね」

いったい、いつの時代の話をしてるんだろう。

「なんだよ、憐《あわ》れむような目で見やがって。パソコン使えるぐらいで、いばんじゃねえぞ」

「いばってないよ」

旭希はぷっと吹き出した。パソコンにうといことは、長生のコンプレックスなのかもしれない。いらない、と言いつつ、できない自分が悔《くや》しい、とか。

まあ、これ以上はパソコンの話題に触れないでおこう。

「ピザ、楽しみだね」

旭希は、いま頼んだばかりのお店のチラシを手に取った。

「あー、ホントに久しぶり！　高校んとき、みんなで食べて以来かも」

だれかの家に集まったら、そこのお母さんがピザを何枚か頼んでくれた。すごいね！　とはしゃぎながら、わいわいがやがや楽しく食べたのを、いまでも覚えている。

「そっか、そっか」

長生は慈《いつく》しむようなまなざしで、旭希を見る。

なるほど。同情されると、ちょっとむかつく。さっきの長生も、こんな気持ちだったのか。

「このセット、男二人だとちょうどいいぐらいなんだよな。女とだと、余るから無理だけど」

「へえ、そんなもの？」

そこまで多くは見えないけど。

「んー、俺の歴代彼女が小食《しょうしょく》なだけかも」

そうか。女の子と、ってことは、つまり、彼女とで。部屋でまったりと過ごすときに、ピザを頼んだりするのだろう。

ちくん。

そんな音を立てる心臓なんて無視しよう。

「いまの彼女は？」

「こないだ別れた。なんかさ、めんどくせえんだよな、いま。仕事が忙しいけど、すっげー充実してるし。彼女に時間割《さ》くのも惜《お》しい。働いてるときが一番楽しいなんて、いまだけかもしんねえからさ。集中してえの」

「そっか」

彼女いないんだ。つまり、いまはだれともつきあってなくて、だれのものでもなくて、だったら、片想いしてても、別に後ろめたくは…。

ないわけがない。

長生は旭希のことを友達だと思っているんだから。

「でも、寂しくないの？」

「体が、ってことか？」

「ちがうよっ！」

旭希は即座に否定《ひてい》した。長生の下半身事情なんて、知ったことじゃない。

「いままでずっと、だれかいたのに、急にひとりになって寂しくないの、ってこと」

「んー、けどさ。俺が仕事のことばっか考えてたら、彼女に悪いだろ。それに、彼女がいなくても、別に寂しくない」

「あー、そうだね」

旭希は、ものすごく納得する。長生は、そういう性格だ。

「長生、ひとりでも平気だもんね」

「いや、さすがに、ずっとひとりはいやだけど。会社行きゃ、かわいい部下たちがいるし、取引先にもいい人はいる。ま、仕事つながりは、会社がつぶれたらダメになるつながりだけどさ。いまの俺には重要なことだ」

「うん、仕事相手は大事だよ」

旭希が、お客さんを大切にしてるみたいに。友達ともちがう、だけど、ものすごく近しい存在。その人たちがいないと、商売が成り立たない。

長生にとって、部下や取引先も、そんな感じなのだろう。

「あとは、旭希みたいに気の合う友達もいるし。最終手段として、どうしても、だれかとしゃべりたくなったら、実家帰る。会社うまくいってるから、いまなら帰りやすい。始めたばかりのころは、大丈夫なの？　お金が足りなくなったら言いなさいよ、とか、うるさかったな。会社の足りない金を、ばっと払える財力はありがたいけど、甘えてばかりはいやなんだよな」

「え、長生んとこ、お金持ちなんだ」

知らなかった。そういえば、一人暮らしになるまで、長生の家に遊びに行ったことはない。

「じゃないと、起業なんてできねえよ」

長生は、にやっと笑った。

「なんかさ、金持ちって、最初から恵まれてんじゃん？　それが、思春期の俺をいたく傷つけてたんだよな。なんでかわかんねえけど。そんなもんじゃん、青春の悩みって」

「お金持ちになったことないから、わかんないや」

旭希はにっこりと笑い返す。

「ぼくだったら、ぬくぬくと働かずに生きるね。お金の心配がない、って、いいことじゃない」

「いや、つまんねえぞ。生きてる意味とか、わかんなくなる」

「やってみようとは思ったんだ？」

からかうように言ったら、長生は肩をすくめた。

「だれにも、気の迷いってのはあるだろ。大学卒業しても、自分とこに就職したことにして、まともに仕事もせず、金だけもらうんだから、だったら、さっさとそうしようかな、ってアホなこと考えて。二年生のときかな。大学にも行かず、家でぼーっとしてたら、退屈《たいくつ》すぎて死ぬかと思った。だから、俺は、なんか仕事しよう、って」

だから、二十歳ぐらいのとき、よく飲みに誘われてたのか。成人したから堂々と飲めるぞ！と言ってたけど、ただ単に暇つぶしだったようだ。

楽しかったから、別にいいけど。

「で、親から金せびって、起業した。失敗したら戻る、って約束して。親としては、むやみに反対するよりも、世間の厳《きび》しさをわからせてから、ぬるま湯を用意して待ってる作戦だったらしいが、その意に反して、成功したからなあ」

「そこは、ものすごく長生らしい」

旭希は、くすりと笑った。

「なんとなくやっても成功するあたりが」

「なんだよ、俺がまったく努力してないみたいな言いかたしやがって」

「ううん、努力はしてるよ」

しなくて成功するほど、世の中は甘くはない。

「でも、何かを成《な》し遂《と》げようと思う人は、だれだって努力してると思うんだよね。たとえばさ、オリンピックで金メダルがとりたい、と思って、みんな、がんばるでしょ？　その中でも、とれるのはひとりだけ。ほかの人が努力が足りない、とかじゃないと思うんだよねえ。なんか、そういう星の下《もと》、っていうのかな。それって、絶対にある」

「ああ、それはある」

長生は、うんうん、とうなずく。

「社員がたくさんいるからわかるけど。要領《ようりょう》がいいやつと悪いやつ、って感じだろ？　おんなじだけの時間、仕事してても、こなせる量がちがうっていうか。両方がんばってるのに、結果に差が出る」

「そう、そんな感じ！」

高校時代もそうだった。授業を聞いただけで、試験勉強もほとんどしていないのに、長生はいい点を取っていた。寝ないで勉強した、といばる人よりも、はるかに総合点が高かった。あれは、やっぱり、そういう星の下、としか言えない。

「なんか、なつかしいな」

長生が目を細めた。

「こんなふうに普通の会話を、酒飲みながらダラダラするのって、それこそ大学以来な気がする」

「そうだねえ」

旭希は微笑《ほほえ》む。

「おたがい、忙しいからね」

「特に、旭希は、ちょっと抜ける、とか、できねえからな」

「ちょっとぐらいなら抜けられるよ。遠くまでは行けないけど」

それで、別に不満もない。こういうものだ、と思っている。

「おたがい、高校時代から遠くへきたなあ」

「そうだねえ」

なんとなくしんみりしてしまって、旭希は、ぶんぶん、と首を振った。まだ若いのに、過去をなつかしんでどうする！

「それよりも！」

旭希は元気な声を出す。

「セクハラ検証はしなくていいの？　ピザが来たら、ぼく、そっちに集中するよ」

「お、そうだ、そうだ。忘れてた」

「忘れないでよ！」

あんな目にあったのに！

「悪い、悪い。さ、真面目にやるか」

長生は手元に置いてあったらしいレポートを机に置いた。

「で、今回のは、どこでセクハラだと思った？」

「乳首をとがらせる、ってところ。でもね、あれは抵抗できないよねえ。卑怯《ひきょう》だな、と思ったよ。ぼくみたいに会社勤めしてなくても、上司からのプレゼントは断れない、ってわかるもん」

「そうだよなあ。てか、このおっさん、みんなにこれやってたら、さすがにもうつかまってると思うんだけどな」

「そうなんだよ！」

旭希は、パン、と両手をあわせる。

「ぼくね、思ったんだけど、セクハラする人って、だれでもいいわけじゃないんだよ。気が弱くて、抵抗できなさそうな相手を、きちんと選んでるの。好み、とか、好みじゃない、とかじゃなくて、自分がしたいことをできそうな相手。だから、すっごいむかつく！　みんなにやるんだったら、ああ、欲望が抑えきれないんだな、って思うけど。たぶん、常連だという上司さんには、やらないいんだよね」

「お、旭希が分析してる」

長生はにやりと笑った。

「まあ、あれだ。セクハラからもっとも遠い位置にいる旭希が気づかなくてもしょうがないけど、そんなのはとっくにわかってんだ」

「…え？　そうなの？」

大発見！　とか浮かれてた自分は、なんなんだ。

「ていうか、セクハラからもっとも遠いって？」

「旭希は気づかないから、おもしろくない。あれはさ、いやがってるのを無理に、っていうのも醍醐味《だいごみ》だと思うんだよな。なんか、くすぐったいことされてるな、ぐらいしか思わない旭希の天然さじゃ、あんまりセクハラっぽくならねえし」

「ちょっと！」

旭希は異議を唱《とな》える。

「ぼく、毎回、セクハラだって気づいてるよね⁉」

「それは、俺が、セクハラ関係だって最初に言ってるからであって、なんの予備知識もなかったら、抵抗せずに触られるだけだと思う。で、相手がつまんなくなって、やめる。だから、安心しろ」

「何を安心するの⁉」

すごい鈍《にぶ》い、みたいな言い方されてるのに！

「セクハラなんて、されないほうがいいだろ。こういうレポートを詳細に書かなきゃいけなかった被害者のことを考えたらさ」

「…あ」

そうだ。されたことだけでも悔しいのに、それを思い出して、文章につづるなんて。旭希だったら、さっさと忘れたい。

「だから、俺は、絶対にどうにかしてやるんだよ。一案として、俺がセクハラにあう、っていうのを考えてる。んで、かたっぱしから訴《うった》える。どっかにカメラしかけて、録画すりゃ、言い逃《のが》れできねえだろ」

「それは、すごくいいアイディアだと思うけど…」

「そう、俺、絶対にセクハラされそうにねえんだよな。対策チーム作るから、その中で、だれか選ぶか」

長生なら、ちゃんと相手が手を出しそうな人を選ぶだろうけど。そして、予防策も練《ね》るだろうけど。

「途中でやめさせるんだよ？」

なんとなく、念を押してしまう。あんなことを、もし他人にされたとしたら、旭希なら耐《た》えられないから。

「当たり前だろ。俺のかわいい部下たちを本当に危険な目にあわせるか、っての」

「だったら、いいや。がんばって」

されたことは、消えない。ついた傷も、なくならない。

でも、つぎの被害者が生まれなければ、この人たちが立ちあがった意味はある。

絶対にある。

「まかせろ」

長生はにっこりと笑った。

「旭希が体を張ってくれてるぶんも、がんばってやる」

うわあ、かっこいい。

旭希はうっとりと見とれそうになって、慌ててビールを飲む。

だめだめだめ。普通の友達なんだから。

「じゃあ、こいつは、乳首の時点で有罪《ゆうざい》、と」

「うん。脅《おど》しだもん」

「でもな」

長生はレポートの最後を、トントン、と手でたたいた。

「結局、シャツは届いたみたいなんだよ。上司からのプレゼントっていうのも本当で。なおかつ、ものすごく体にフィットした、いままでにない着心地のよさだったらしい。スーツも完璧で、それで自信がついたわけじゃないだろうけど、営業成績もあがったってさ」

「えええっ！」

そんな、幸運のセクハラみたいなの、あり!?

「そのことには感謝してるけど、それでも許せない、って。当然だよな。体と引き換えに営業先を獲得した、前回のと似たようなものなんだし」

「ああ、そうか」

見返りがあったとしても、されたこと自体が違法なんだから、幸運の、とか考えなくていいんだ。

されていやなものは、すべてセクハラ。

その考え方には、同意はできないけど。

どんな結果であっても、だれが見てもセクハラだったら犯罪《はんざい》。

それでいいと思う。

「セクハラしなきゃ、腕のいい仕立て屋さんなんだね」

「それは、犯罪起こすまではいい人だったのに、みたいなものだ」

「ちょっとちがう気がする」

旭希は、ぷっと吹き出《ふだ》した。長生のたとえは、毎回、なんだかおもしろい。

「よし、検証終了。あとはピザを待つだけだな」

「楽しみだね」

ピザも。久しぶりに一緒にごはんを食べることも。こうやって、おしゃべりしてることも。

そのすべてが。

「ピザが来たら、とっておきのワインを開けてやるよ。取引先からもらった高級ワインだぜ」

「やったー！」

高級ワインなんて、初めてだ。

ずっと、こんなふうならいいのに。

叶《かな》わない願いを、胸の中でつぶやく。

いつまでも、こうやっていられたら。

それだけで、幸せなのに。

…無理なのは知っているけれど。

「白も赤も、両方あるからな」

「ぼく、赤がいい！」

高級赤ワインを大きめのグラスにちょびっとだけ注いで、それを回しながら、これは森の香りがしますね〜、とかやるのに、あこがれる。

「よし、じゃあ、赤からだな。だったら、もう開けて、空気入れとくか」

「入れよう、入れよう！」

それで、何がどう変わるのかは、まったくわからないけど。

旭希は、そのあともずっとはしゃぎつづけた。

そうじゃないと、泣きそうだったから。

ここが自分の居場所じゃないことを、思い知りたくなかったから。

たった一日のことだけだと、我に返りたくなかったから。

ピザがきたときも、ワインを飲んでる間も、自分でもバカみたいだと思うほど、全力ではしゃいでいた。

4

「あー、これ、微妙《びみょう》なやつだ」

長生《ちょうせい》はレポートを、ひらひら、と振った。

「微妙なやつって、どういうこと？」

「セクハラかどうかの判断がむずかしいんだよな」

長生は、うーん、とうなる。

「流れを見ても、セクハラというよりも、切実な頼みだし」

長生はじっと用紙に目を落とすと、ま、いいか、とつぶやいた。

「とにかく、やってみよう。旭希《あさき》は看護師《かんごし》」

「へえ、めずらしいね。男の看護師さん？」

「そう」

長生はうなずく。

「最近、増えたとはいえ、あんまり見ないからな。外来じゃなくて、病室のほうに回されることが多いんだとか。たしかに、力仕事だもんな、看護師って」

「へえ、そうなんだ」

白衣《はくい》の天使《てんし》と呼ばれるぐらいだから、優雅《ゆうが》に患者《かんじゃ》さんを診《み》る印象だったんだけど、実際はちがうのか。

「看護師の持病《じびょう》って腰痛《ようつう》だし」

「くわしいね。わざわざ、このために調べたの？」

「いや、看護師とつきあったことがあるだけ」

「あー」

なるほど、なるほど。それで内情にくわしい、と。

「なんだよ。その、あー、って、バカにしたような言い方」

「バカにしてないよ」

旭希は慌《あわ》てて、ぶんぶん、と首を振って否定《ひてい》した。

そっか、歴代彼女がたくさんいるんだよねえ。

そのことに失望《しつぼう》したわけでもないし、悔《くや》しいわけでもないし、嫉妬《しっと》しているわけでもない。

ただ、本当に、あー、という気持ちだったのだ。それがなんなのか、自分でもよくわからない。

「俺だってな、ちゃんと関係を持続させる意思はあるっての。けどさ、しょうがねえじゃん。向こうの気持ちが離れたり、俺がいやになったり、俺がめんどくさくなったり、俺が、もう会うのやめよう、と決意したり」

「長生からばっかじゃん！」

旭希はわめく。

「いまはまだ、別れてもつぎからつぎへと新しい人が現われるかもしれないけど、いつまでも、そうじゃないんだよ。もういい年なんだから、身を固めようとか思わないわけ？」

「思わねえなあ」

長生はにっこりと笑った。

「一生固めないかも」

「…は？」

いやいやいやいやいや。それは困る。固めてくれないと。

だれかのものになってくれないと。

「結婚《けっこん》に魅力《みりょく》を感じねえしな。仕事が忙《いそが》しくて、疲《つか》れて帰ってきたら、ねえねえ、聞いて聞いて！　と、俺の都合も考えずにマシンガントークしてくるのがいるなんて、悪夢《あくむ》だろ」

「そうじゃない人を見つければいいだけだよ！」

旭希は両手のこぶしを握《にぎ》って、力説《りきせつ》する。

「みんながみんな、そんな性格じゃないって！」

「だとしても、その相手を見つける時間を仕事に使いたい、ってこと。まあ、将来《しょうらい》はどうなるかわかんねえけど、いまのところは、まったくその気はねえな。こないだも言っただろ。彼女もいらないぐらいだって」

「でもさ！」

「なんで、そんな必死なんだよ」

長生は眉《まゆ》をひそめた。

「だいたい、旭希だって同い年なんだから、結婚考えるなら自分からにしろよ。っていうかさ、よく考えたら、旭希の女関係って聞いたことねえよな。なんなの？　秘密主義《ひみつしゅぎ》？」

まったく何もないから。

そんなことを言ったら、どうしてだ、と根掘《ねほ》り葉掘《はほ》り聞かれることは目に見えている。それは、絶対に避《さ》けたい。

「さーて、セクハラ検証《けんしょう》しよう。ぼく、明日も早いんだし」

すでに九時半を回っている。旭希はたくさん寝ないとダメなので、最悪でも十二時にはベッドに入りたいところだ。睡眠不足だと、あくびばかりして、父親に怒られてしまう。

「うまく逃げたな。ま、恋愛話が得意なやつも苦手なやつもいるから。これ以上は聞かないでおいてやるよ」

ありがとう、と言うのもおかしな気がして、旭希はあいまいにうなずく。とっとと、検証に移ろう。

「で、内容は？」

「旭希は新人の看護師。外科病棟《げかびょうとう》勤務。俺は交通事故で両腕、両足、その他もろもろを骨折《こっせつ》した高校生男子」

「高校生⁉」

なのに、セクハラするの⁉

「んー、だから、微妙なんだって。まあ、いいや。とにかく、やってみる。俺の家は金持ちで、両親が個室をとってくれてる。思春期真っただ中。親とは折り合いがよくも悪くもない。あと、純真無垢《じゅんしんむく》っぽい、とのこと」

「…だれが？」

「だから、俺がだっての」

長生の答えに、旭希はぷっと吹き出《ふだ》した。

「長生が純真無垢かあ。ちょっと無理がない？　役割、交代してもいいよ」

「いや、だからだな。おまえはセクハラされる側、俺はする側、で、どう思うか教えてくれ、って話だろ。俺が純真無垢に見えようが見えまいが、そこはどうでもいいんだっての」

「はーい」

なんだか、むっとしているようなので、旭希はおとなしく引っ込む。

別に純真無垢はほめ言葉でもなんでもないんだけどな。ただ、長生とはかけはなれてる、って思っただけで、悪く言ってるつもりもないし。

「あ、悪い。いらつくとこじゃなかった」

長生が、我に返ったみたいに、手をあわせて謝《あやま》った。

「え、なんで？　謝らなくていいよ」

「旭希が、はーい、って返事をするときは、俺の機嫌《きげん》が悪いのを察知《さっち》してるんだよ」

「…へ？」

旭希は、きょとんと長生を見る。

「昔っからそうだけど。俺、感情の起伏《きふく》がけっして穏《おだ》やかじゃねえから。なんかわかんないけど、変なスイッチ入って、カチン、ってくることがあんだよな。で、旭希はそんな俺の様子にだれよりも早く気づいて、のんびりした返事でその場の雰囲気《ふんいき》をやわらかくしてくれてた。それを、いま思い出した」

「あー、うん、そうかもね」

気づいてくれてたんだ。

そのことが、こんなにも嬉《うれ》しい。

好きな人が、自分をわかってくれている。

それは、とてもとても贅沢《ぜいたく》で、幸せなこと。

でも、そんな感情、見せちゃいけないから。平然としてなきゃいけないから。

旭希は、冗談《じょうだん》っぽく笑いながらつづける。

「ぼくしかいないからね。周りも、似たような性格してたし。ぼくはいっつも、なだめ役だったなあ」

「そうだった、そうだった。旭希がわけのわかんないこと言うと、みんな、冷静になんだよな。あー、このままだったらケンカになるわ、とわかってても、だれもとめないし」

「ホント！　暴走機関車《ぼうそうきかんしゃ》の集まりだったよねえ」

「うわー、なつかしい」

長生は、しみじみとうなずく。

「今度、同窓会でもやるか」

「卒業して十年たってからでいいんじゃないの？　それに、幹事《かんじ》とかそういうの、長生むいてないよ」

「旭希」

長生は旭希を指さした。旭希は、ぶんぶんぶんぶん、と両手を振る。

「やだよ！　集まりたいなら、自分でやればいいじゃん！」

「だって、むいてねえんだもん」

勝《か》ち誇《ほこ》った表情で言うことか!?

「ぼくだって、むいてないよ！　言いだしっぺが責任持つものでしょ！」

「まあ、同窓会はおいといてだな」

出た、都合が悪くなったら話を変える作戦。でも、まあ、同窓会の話をつづけてもしょうがないから、旭希はしぶしぶのる。

「うん、検証しようよ」

「そうだな。いいか、俺は純真無垢な男子高校生だ。それを忘れるな」

「わかった」

どっちかというと、百戦錬磨《ひゃくせんれんま》とかのが似合うけど。

「夜中の回診《かいしん》で、寝てない俺を発見する。様子を聞け。そのあとは、俺がやる」

「了解」

びしっと敬礼《けいれい》したら、長生が吹き出す。

うん、もとの雰囲気に戻った。そのことに、心からほっとする。

長生と普通に過ごせるなら、それが一番いい。


「どうされました?」

ベッドに横になっている長生に、旭希はにこやかに声をかけた。今回は、病室っぽいところということで、長生の寝室を使っている。

寝室に入るのは初めてだったから、きょろきょろと見回したい衝動《しょうどう》にかられたが、そこをぐっとこらえた。

いまはセクハラ検証のが重要だ。

「眠れないんですか？」

「あ、いえ」

長生はおどおどした様子で、小さく答える。

「眠いんですけど、眠りたくないんです」

「ちゃんと眠らないと、体に悪いですよ」

わー、やばい。健康であるがゆえに、病気の知識がまったくない。こういうときになんと言えばいいのか、思い浮かばないのだ。

体に悪いですよ、って。そんな普通のこと言ってどうするんだろう。

「眠れるように、お薬出しましょうか？」

「やめてください！」

長生は、慌てたように言うと、起きあがろうとした。すぐに、いてて、と顔をしかめながら、ベッドに沈《しず》み込《こ》む。

「ダメですよ！」

旭希は、長生に駆《か》け寄った。

「骨が折れてるんですから、安静にしておかないと。眠るのも、治るためには必要なんです」

よし、なんとなく形になっている…気がする。

「でも、眠ったら…」

長生は言いよどむ。

「大丈夫ですよ」

旭希は微笑《ほほえ》んだ。

「眠ったら、それだけよくなる時期が早まります。安心してください」

「そうじゃないんです」

長生の声は、どんどん小さくなっていく。

「あの、看護師さん、おんなじ男だからわかると思うんですけど。ずっとしてないと、眠ってる間に勝手に出るでしょう？」

ああ、そういう悩みか。

「俺、両手こんなんだから、自分でできないし、出たのわかっても、足が固定されてて、下着も脱《ぬ》げない。こないだ、親に見つかっちゃって…」

長生は泣きだしそうになった。

「俺…もう、死にたい…」

うわあ、それは最悪だ。旭希がおなじ立場でも、死にたくなるに決まってる。高校生で、そんな目にあったら、一生、傷として残りそうだ。

かわいそうに。

「じゃあ、わかった！」

旭希は、なるべく明るい声を出す。

「今度からナースコールしてくれれば、ぼく、下着かえてあげるよ」

「ほかの看護師さんだったら？」

「あー…」

そっか、何も考えてなかった。毎晩、病院にいるはずがない。

「交通事故で死んだほうがマシだったかも…」

「そんなことないよっ！」

思わず、強い口調になる。まるで、長生が言ってるみたいに聞こえて。

そうじゃないのに。高校生の気持ちになっているだけだろうに。

長生の口から、死にたい、とか、死んだほうが、と言われると、心臓が、どくん！　と大きく跳《は》ねてしまう。

やめてほしい。そんなこと言わないでほしい。

だって、生きてほしいから。

これからもずっと、友達でいてほしいから。

「あのね、これだけひどい事故だったのに、きみが生きてるのは奇跡《きせき》なんだよ。そりゃ、恥《は》ずかしい目にはあったけど。それでも、お母さんは、夢精《むせい》するほど回復したことを喜んでくれて

ると思うよ」

「…でも、もう見られたくない」

そりゃ、そうだよね。

「だから、看護師さん」

長生は、じっと旭希を見る。

「俺のをしぼりとってくれないでしょうか」

「しぼりとる…？」

どういう意味か、一瞬、わからなかった。すぐに気づいて、ええっ！　とのけぞる。

「それは…」

「親に見られるぐらいなら、看護師さんに出してもらうほうが恥ずかしくないし。ちょっとこすってもらえれば、たぶん、すぐにイケるから…」

そう言いながらも、長生はまたもや泣きそうになっている。

ぼくでよかったら。

その言葉を、ぐっと我慢《がまん》した。

この人は断ったはずだ。そこまでは看護師の仕事じゃない、と割り切ったのかもしれない。

「ごめん、だめだよ」

旭希はそっと首を横に振る。

「とても申し訳ないけど、それはできない」

「はい、終了」

長生が、むくっと起き上がった。

「まあ、だいたいあってる。本人は、最後、何も答えずに逃げて、悪いことしたな、やってあげればよかったな、って、ずっと後悔《こうかい》してたんだけど」

「ん？　だったら、セクハラでもなんでもないよね」

そういえば、長生も、どちらかというと切実な頼み、とか言ってたような。

「これにはつづきがあって。でも、その信ぴょう性がなあ。罪悪感《ざいあくかん》から、勝手につけたしたのかもしんねえし」

「どんなの？」

旭希は首をかしげる。

「後日、気になって病室をのぞいたら、純真無垢だと思っていた患者は、友達とぎゃーぎゃー騒《さわ》いでて、夢精は使えなかったぞ、ほかに何か考えろ、とかほざいてたらしい」

「んーと、つまり」

「そう、全部、計算だったってこと」

長生は肩《かた》をすくめた。

「どう思うよ？」

「セクハラじゃないと思うけどなあ。実際に両手は折れてて、両足もつってるわけでしょ？交通事故にあったんだよね？」

「そう」

長生はうなずく。

「その状態がつづけば、高校生なんて多感な時期だから、夢精するのもありうる話だし。夢精うんぬんのは、友達との会話でおおげさに言っただけかもしれないよね。見栄《みえ》っ張《ぱ》りだからさ。ホントに夢精したって知られたくなくて」

「俺も、旭希のがあたりだと思う」

長生は、うーん、と考え込んだ。

「これは、セクハラじゃなくて、自分には非《ひ》がない、って認めてほしくて告発してきたっぽいんだよなあ。男子高校生のが気《き》の毒《どく》だ」

「そうだよねえ。親に見られたら、ぼくだって死にたくなる」

想像したら、ぶるっ、と体が震《ふる》えた。さすがに、この年になって夢精はしないけど、もし、そうなってしまったとして、やばい、やばい、とこっそり下着を洗っているときに、母親が、どうしたの、とやってきたら、母親は悪くないのに、怒《ど》鳴《な》りつけてしまいそうだ。

なんで来んの⁉　あっち行ってよ！

顔を真っ赤にしながら、理不尽《りふじん》にわめく自分が、容易《ようい》に想像できる。

その子だって、怒鳴っただろう。そして、自分を責《せ》めただろう。母親だって、両手両足が折れてなかったら、この子が恥ずかしい目にあわなくてすんだのに、と悲しかっただろう。すべて推測《すいそく》でしかないけど。あまりにもセクハラ感がなさすぎる。

「ああ、わかった！」

旭希は、ポン、と手をたたいた。

「セクハラじゃないって思うのは、いままでとちがって、自分から何もしないからだ。その子が回復してきて、たとえば、手だけ動かせて、看護師さんを触《さわ》れるときに、ぬいてください、って言ったのなら、いたずら目的かなあ、と思うけど。もう、本当に、この状態をどうにかしてほしい！　って切実さしか伝わってこないから。もし、看護師さんがやってたとしても、それはボランティアみたいなもので、やっぱりセクハラじゃないと思うんだよねえ」

「いや、やったら、さすがにアウトだと思うぞ」

長生は苦笑する。

「この看護師が、ノリノリでやるならまだしも。いやなのに放出を手伝った、なら、立派なセクハラだ」

「そうかなあ」

旭希は、うーん、と首をかしげた。

「別に脅したわけじゃないし。お願いでしょ？　それを聞いてあげるぐらい、いいと思うんだよね」

「じゃあ、これは却下《きゃっか》だな」

長生はレポートを二つに折る。

「いまの俺と旭希みたいに、意見がまっぷたつに別れる場合、セクハラだと判定するのはむずかしい。そのあとで高校生が言ったってことも、相手に否定《ひてい》されたらおしまい」

「そうだろうね」

どっちがウソをついているのかわからない以上、泥仕合《どろじあい》になるに決まっている。

「よし、じゃあ、次回は…と、これで最後か」

長生はベッドサイドに置いてあったファイルを見ながら、つぶやいた。

「え、最後⁉」

ホントに⁉　やったーっ！　あと一回で、セクハラされる役目も終了。今日は結局、何もしてないのだから、体も楽だ。

「そうだな。結構な数があるような気がしてたけど、そうでもなかった」

長生は、ぴらっ、と一枚、レポートを出す。

「あー、これな。うんうん。最後にふさわしい」

「どんなの？」

旭希がのぞき込もうとしたら、すっとかわされた。

「それは、あさってのお楽しみ。あー、でも、最後だから、打ち上げをかねた豪華《ごうか》な食事でもするか？」

「いいね！」

こないだのピザみたいに。

ずっと避《さ》けてたけど、長生と二人で過ごすのは、やっぱり、すごく楽しい。高いワインを飲みながら、くだらないことをたくさんしゃべった。お酒を飲んでいる、という点はちがうけど、まるで高校時代に戻ったみたいだった。

ああ、この人のことが好きだなあ。

そんなふうに思う瞬間《しゅんかん》は、何度か訪れたけど。だからといって、それがいやになったり、泣きたくなったり、悲しくなったりしない。

長生は、自分の手には入らない。

そのことを、出会ってから十年以上たって、ようやく本当の意味で受け入れられたのかもしれない。

「だとすると、早い時間からやったほうがいいから、日曜でいいか？」

「うん、いいよ」

次回やる予定の木曜をすっとばして、土曜じゃなくて日曜にやるだけのこと。結局、全部で六回。期間は二週間。これで三か月、いや、交渉《こうしょう》によってはもっと、コーヒーを注文してもら

るよね?

えるのなら、なかなかいい取引だ。

…ん、ちょっと待って。今日が大変じゃなかったから忘れてたけど、結構ひどいことされて
うん、やっぱり、一年契約をもぎとろう。

「で、終わったら、どっか食いに行く、と」

「長生のおごりね!」

はいはいはいはい! と旭希は元気に手を挙げた。

「いいでしょ、社長」

「こういうときだけ、社長とか呼びやがって」

長生は顔をしかめる。

「ま、どっちみち、お礼だから、俺もちだけどな。なんか食べたいものあるか?」

「高いもの!」

旭希は即答《そくとう》した。長生は、ぶっと吹き出す。

「おまえ、そんなキャラだっけ?」

「そうだよ。人のおごりだったら遠慮《えんりょ》せず、高いものを。うちの家訓《かくん》だからね」

もちろん、そんなのはない。でも、何か記憶《きおく》に残るようなものが食べたかった。高くても安くてもいいけど、口にしたことがないような高級料理なら、きっと忘れない。自分では食べに

行けないから、一生、長生とした食事を覚えていられる。

日曜、最後の検証が終われば、またしばらくは、長生がお店に来てくれるのを待つだけの日々。こんなに頻繁《ひんぱん》に会うことはない。

だったら、思い出が欲しかった。いいレストランで、おいしいものを食べながら、ゆっくり語り合いたかった。

「高いものにもいろいろあるだろ。何がいいよ。寿司《すし》、懐石《かいせき》、焼き肉、フレンチ、イタリアン、中華…」

「お寿司！」

旭希は長生をさえぎる。

「回ってないお寿司！　カウンター！　好きなものだけ握ってもらう！　お酒もたくさん飲む！　決定！」

「日本語が不自由になってるぞ」

長生がくすくす笑った。

「じゃあ、まあ、当日も寿司の気分だったらそうして、別のがよければ臨機応変《りんきおうへん》に。何時に終わるかわかんねえから、予約はしない。これでいいな？」

「いいよ」

お寿司、お寿司、と弾《はず》むように口にしたら、どんどん楽しくなってきた。カウンターでお寿司を食べるなんて、なんて贅沢なんだろう。それも、長生と二人で。そしてそして、長生のおごりで。

「日曜、何時からにする？　お昼でよくない？」

「おまえ、やけに乗り気だな」

長生が、じろり、と旭希をにらむ。

「そんなに、俺との縁《えん》が切れるのが嬉しいのか」

「縁なんか切らないよっ！　なに言ってんの⁉」

長生が切りたいならまだしも。旭希からなんて、そんなことするわけがない。

「ぼくは、単純にお寿司が食べたいだけなのっ！　あ、あと、セクハラされるのが終わるから、それにほっとしてるのもある」

長生に触られても、それは長生じゃなくて、知らないだれかの行動を追体験《ついたいけん》しているだけ。

長生が旭希にセクハラしたいわけじゃない。

それは、わかっているのに。

触られている間、かんちがいしそうになってしまうから。

まるで、長生が自分を求めてるんじゃないか。こんなことをするほど、旭希に触《ふ》れたいんじゃないか。

そんな、ありえないことを考えてしまうから。

長生と定期的に会えなくなるのは寂《さび》しいけど。解放されて安堵《あんど》しているほうが大きい。

「いやだったか？」

「だって、セクハラだもん」

旭希は眉をひそめた。

「長生だって、自分がされる立場だったら、いやでしょ」

「俺は、されねえよ」

長生は、ふん、と鼻を鳴らす。

「手を出してこい、って感じなのにな」

「…だれに？」

旭希は、恐《おそ》る恐《おそ》る聞いてみた。まさか、そんな趣味があるとか言わないよね？

「え、この加害者たち。俺にやってくれたらなあ、その場で腕の一本でも折って、そのあげく、セクハラで訴《うった》えてやるのに」

「あ、そういうことか」

旭希は胸を撫《な》で下ろす。

「びっくりした。長生が触られたいんだと思ってた」

「はあ？　なんで、触られたいんだよ。どっちかというと、触りてえ。あ、これもセクハラか」

「うん、完全にね」

旭希は、こくこく、とうなずいた。

「訴えられないように、気をつけなよ」

「しねーっての」

長生は笑う。

「セクハラなんてしなくたって、相手には不自由してねえよ」

「そうだろうね」

旭希は肩《かた》をすくめた。

「彼女じゃなくても、長生ならいいよ、って女の子、たくさんいそう」

「なんだよ、うらやましいのか」

長生は、ふふふん、といばる。

「俺みたいに、かっこよくて、金持ってたら、そりゃ、女どもは群《むら》がるわな。うんうん、しょうがない。いい男の宿命《しゅくめい》だ」

「長生って」

旭希は、目を丸くした。

「本当に能天気《のうてんき》なんだねえ。そんなこと外《ほか》で言ったら、バカにされるよ」

「旭希はしねえだろ」

長生はウインクする。

「だから、いいんだ」

ほわん、と心を中心に全体が温かくなった。

理解されている。

そう思うだけで、心臓がどきどきする。

「ぼくは、バカにしないけど、あきれてる」

「まあな。事実だからといって、言っていいわけでもねえし」

「事実なんだろうけど」

旭希は、ふう、と息を吐《は》く。

「自分で宣伝《せんでん》するものでもないよね。本人だけがわかっていればいい話だし」

「そうそう。こういうこと言うときって、つっこんでほしいんだよな。なのに、あ、そうですよね、とか、ひきつったような笑いを浮かべられても」

「あのね、長生」

旭希は、パン、と長生の頭を軽くはたいた。そういえば、こんなことをするのも、ものすごく久しぶりだ。無意識のうちに、接触を避けていたのかもしれない。

「自分が社長だってこと忘れるんじゃないの。だれが、社長につっこめるわけ？　そりゃ、愛《あい》想《そ》笑いでごまかすしかないよ」

「まあ、常識で考えりゃ、そうだよな」

長生は素直に認める。

「俺なりのコミュニケーションのとり方だったんだけど、完全に失敗した」

「普通にしてればいいのに」

旭希は、首をかしげた。なんで、そんな、わけのわかんないことをするんだろう。

「そのままの長生を、みんな好きになるよ」

「会社興《おこ》すのなんて、初めてだったからさ」

「そんなの、だれだってだよ」

旭希は吹き出す。だいたい、会社を立ち上げる人のほうが少ない。

「なーんか、社長らしいことしなきゃ、ってテンパってて。ジョークのひとつも言えないと欧《おう》米《べい》と渡り合えないとか、わっけのわかんねえこと考えてたんだよな。よく考えたら、俺が渡り合うんじゃなくて、社員にまかせてればいいだけなのに」

「へえ、長生でも、そんなふうになるんだ」

いつも、どっしりかまえているような印象しかない。

「そりゃ、ダメになったら、家に出戻りだからな。緊張《きんちょう》するっての」

「そーんなに、おうちがきらいなの？」

旭希のところは仲がいいから、よくわからない。

「家がきらい、とか、家族がいやだ、とかじゃなくて。何もしない生活に耐《た》えられねえだけ。

この年で隠居《いんきょ》とか、絶対にごめんだ」

ああ、そっか。会社に籍《せき》だけおいて、実際は何もしないんだっけ。楽でいいな、と思うけど、旭希も、その立場にはなりたくない。

喫茶店《きっさてん》を経営するのは楽しい。もちろん、いやなこともたくさんあるし、理不尽な目にもあう。それでも、やめたいとは思わない。

長生だって、それはおんなじだろう。

「いまはさ、起業資金もきっちり返して、親も安心してるみたいだけど。この先、どうなるかわかんねえし、不安はいつもある。けど、そんなの、だれでも一緒だよな」

「うん」

旭希は、こっくり、とうなずいた。

「うちだって、いつ、つぶれるかわかんないしね」

「つぶさないから」

長生は、にやっと笑う。

「毎日のように、コーヒーたくさん頼んでやる」

「そういうムダなお金使ってると、会社つぶれるよ」

「おわっ、痛いとこつかれた」

長生が、ガン、と胸に何かが刺《さ》さったかのようなしぐさをした。

「たまーに、旭希、鋭《するど》いこと言うからな」

「たまーに、ってなんだよ！　たまーに、って！　まるで、いつもは鈍《にぶ》いみたいじゃないか！」

「みたい、じゃなくて、鈍い」

断言されて、旭希は、がくっ、と肩を落とす。

「ぼくは、さっきからずっと、長生をほめてるのに。長生は、ぼくをけなすんだね」

「あのな、鈍いのは悪いことじゃねえんだぞ」

長生が、まっすぐに旭希を見た。この視線に、ものすごく弱い。真摯《しんし》すぎて、まぶしい。

「俺がちょっとぐらいヘマしても、旭希は気づかない。こんないいことがあるのか！」

「あのねえ」

なんか、いいことを言われるのかと思ったら。自分の都合かっ！

「もっと、こう、ぼくの長所とか見つけなよ」

「んー、人がいい？」

「いい人って言って、いい人って！」

人がいい、って。まるで、ぼくがまぬけみたいな言い方して！

「やさしい。かわいい。一緒にいると、ほんわかなる。俺がいらついてたらなだめてくれるし、嬉しいときは、俺以上に喜んでくれる」

「ぎゃあああああああ！」

旭希は両耳を押さえて、うつむいた。

「やっぱりほめなくていいっ！　うわっ、鳥肌《とりはだ》たってる！　すっごい恥ずかしいーっ！」

「だろ？」

長生が勝《か》ち誇《ほこ》ったように言う。

「旭希、そんな性格なんだって。だから、俺は、あんまほめないようにしてるんだよ」

「それは、うそだ！」

旭希は、いまだに、ぞぞぞぞぞ、とする悪寒《おかん》と戦いながら、反論した。

「ぼくにほめるところがないからでしょ！」

「いや、ほめるところはたくさんあるし、感謝してるところもやまほどある。けど、それを言うと、また、耳ふさいで叫《さけ》ぶだけだろ。めんどくせえから、やんねえ。あ、でも、そうだ。これだけは言っとかないと」

「何…？」

すっごい、いやな予感がするんだけど。耳に当てた手は、そのままにしておこう。

「セクハラ検証、引き受けてくれてありがとう」

いままでのふざけた感じじゃない、真剣な様子に、旭希は耳から手を離すと、顔を上げた。

驚いたことに、長生がベッドの上できちんと正座をして、深々と頭を下げている。

「ちょっと！　長生、そんなことしなくていいよ！　ぼくのほうも、コーヒーの注文してもらうんだし！」

「それでも、こんなことにつきあってくれて、本当にありがとう。おかげで、いろいろ考えられたし、解決法もいくつか浮かんだ。セクハラ部門を立ち上げて、訴訟《そしょう》関係まで引き込めれば、もっと業務を拡大できる。軌道《きどう》にのったら、腕のいい弁護士《べんごし》を何人か引き抜いて、法律関係全般も引き受けていいし。そうしたら、会社を、もっと大きくできる」

「よかったね」

旭希は、ぽんぽん、と長生の頭を撫でた。

「きっと成功するよ。だから、顔をあげてくれないかな。すっごい、居心地《いごこち》悪い」

「心から、感謝してるから。それを伝えたくて」

「うん、伝わったよ」

ありがとう、の言葉だけで。サンキュ、でも、ありがと、でもなくて、きちんとした、ありがとう。

それだけでわかる。

そのぐらい、長生のことを理解している自信がある。

でも、言わない。

それは、心に秘《ひ》めておく。

「お寿司おごってくれたら、もっと伝わるかもね」

いたずらっぽくつえくわえたら、ようやく長生が顔をあげた。

「よし、たっけー寿司屋、連れてってやる」

「よっ、社長！　さすが、社長！」

「まかせとけ」

ドーン、と胸をたたくところには、普段の長生に戻っていた。

うん、これでいい。

「日曜で最後だから、よろしく頼むな」

「もちろん」

旭希はにっこり笑う。

「そのあとで、コーヒー注文の期間を交渉するからね」

「あ、覚えてたか」

ちっ、と舌打《したう》ちをする長生に、旭希は、ふふん、といばった。

「お店に関することは忘れないよ」

「よし、じゃあ、いま決めよう。日曜のやつは、ちょっととんでもないからな。俺が不利になる。一年でどうだ?」

「いやあ、それは…え、一年?」

つまり、五十二週×三十杯ってこと?　そんなの…。

「よろしくお願いします」

今度は、旭希が頭を下げる番だ。

「じゃあ、これで契約成立な」

「うん！」

父親に言ったら喜ぶだろうけど、内緒にしとかなきゃ。どうやって、この契約をとったのか、説明できないから。毎週注文があるなあ、と不思議《ふしぎ》そうだったら、社員さんたちが、うちのコーヒーを気に入ってくれたんだって、と言えばいい。

それも、きっとウソじゃなくなる。だって、うちのコーヒーはおいしい。

コーヒーを配達するとき、長生に会えるかな。それとも、コーヒー係みたいな人（いるのかどうか知らないけど）が来るのかな。

仕事だから、会えなくてもしょうがない。でも、ちょっとだけでも顔が見れたら嬉しい。いつ来るかわからないお店よりも、確実に、そこにはいるのだから。

長生に手を差し出されて、旭希はそれを握り返す。

力をこめて、ぎゅっと、ぎゅっと。

ずっと、つながっていたい人の手を。

離したくない、と思いながら。

5

「凝《こ》ってますねえ」

マッサージ台の上にうつぶせになって、背中をさすられただけで、そう言われた。

「あ、わかりますか？」

今日の旭希は、ものすごく凝り性で、一週間に一度はマッサージに行くという設定だ。長生は、マッサージ師。マッサージ台まで、わざわざ用意してあるのがすごい。

「はい。背中全体がぱんぱんです」

「そうなんですよねえ」

へえ、さすられているだけで気持ちいいんだ。

旭希は、うっとりと眼《め》を閉じる。

「おやすみになってかまいませんよ。痛かったら、おっしゃってくださいね」

「わかりました」

長生は、ぐっ、ぐっ、と背中から肩へ向けて、手のひらを動かした。けっして力は入れてなさそうなのに、筋肉がほぐされていく。

長生、マッサージ師の資格でも持ってるんだろうか。

そう考えてしまうぐらい、うまい。プロ並みだ。

「お仕事は、何をやってらっしゃるんですか?」

「喫茶店をやってます」

「立ち仕事ですね」

長生は、首筋《くびすじ》を揉《も》んだ。少し痛いけど、それがまた気持ちいい。

「それでは、あとから足を重点的にやりましょう」

「お願い…します…」

これで最後だという安堵で、昨日はぐっすり眠れたのに。マッサージをされていると、自然にまぶたが閉じていく。

はっと気づいたときには、長生はふくらはぎを揉みほぐしているところだった。

いつの間に肩が終わったんだろう。どうやら、普通に寝ていたらしい。

「張ってますね」

旭希が起きたのに気づいたのか、長生が話しかけてきた。

「毎日、お風呂に入ってますか?」

「最近は、シャワーが多いですね」

お湯を張るのがめんどうで、つい、さっとシャワーですませてしまう。

「それはダメです」

長生はきっぱりと言い放つ。

「シャワーでは、体の内部は冷たいままです。血行をよくするためにも、毎日、お風呂に入ってください」

「足のむくみも、それでとれますか？」

「むくみは、ストレッチが効果的ですね。あとは運動でしょうか。水泳とかいいですよ。泳がなくても、プール内を歩くだけで、かなりの運動量になります」

「あー…」

まあ、たしかにそうなんだろうけど。プールに行く時間がない。ジムに入会したくはないし、区民プールが近くにあるけど、営業時間中は仕事だ。日曜なんて、絶対に混んでるから行きたくない。

こうやって言い訳ばかりしているから運動をしないんだ、ということぐらい、自覚している。

「とりあえず、お風呂に入ってみます」

「そうしてください」

長生の手が、だんだん上にきて、太股《ふともも》の筋《すじ》を両手で押した。

「痛っ！」

びっくりするぐらいの痛みに、旭希は思わず起きあがる。

「リンパが滞《とどこお》ってますすね」

長生は、旭希の背中を押した。もとの位置に戻れ、ということか。旭希はおとなしく、それに従った。

「ここも痛いでしょう」

膝《ひざ》から足の付け根までを、ぐいっ、と親指で撫であげられる。

「痛いですっ！」

旭希は、足をバタバタさせた。激痛と呼んでいいぐらいの痛みが、その部分から襲《おそ》ってくる。

「力を入れてないんですけどね」

長生は、困ったようにつぶやいた。

「ちょっと、ちがった角度からやってみます。おしりが凝ってるんですよ」

「おしりが？」

顔を上げて、長生のほうを見ると、長生は真顔で、はい、とうなずく。

「女性のかただと、セクハラだと思われてしまう可能性がありますし、男性でも、突然、おしりをマッサージされたら戸惑《とまど》われるでしょうから、資料を作ってあります。もちろん、不快感《ふかいかん》があるようなら、すぐに中止もいたします。資料、読まれますか？」

「あ、お願いします」

長生は、最初から用意していたのだろう、いろんな切りぬきが入ったスクラップブックを渡してきた。旭希は起き上がって、それを受け取る。中には、おしりのマッサージの効能を述べた記事が、ずらっと並んでいた。

「普通なんですか?」

「そうですね。どれだけほぐしても違和感《いわかん》が残っていて、よく調べてみたら、おしりが凝っていた、という例はたくさんあります。こちらとしても、デリケートな部分ですから。あと、ほかには、胸の上の部分も、ものすごく凝るんですよ。でも、そこも、女性には、ただ触りたいだけじゃないのか、とかんちがいされると困りますので。ここをほぐすことで、首や肩の凝りがやわらぎますよ、どうしますか、と質問することにしています」

「へえ、いろいろ大変なんですね」

旭希は、スクラップブックをぱらぱら見ながら、あいづちを打った。

「で、どうされますか?」

長生は、旭希をのぞき込んで、にっこり笑う。

「おしり、マッサージされますか?　それとも、やめられますか?」

「あ、してください」

拒否《きょひ》したら、セクハラ検証ができなくなる。それとは別に、本当におしりをほぐすと足のむくみが軽くなるのか、知りたかった。

「わかりました。それでは、また、うつぶせになってください」

旭希からスクラップブックを受け取って、長生はマッサージ台を指さす。旭希は、もちろん、逆《さか》らわない。

「いきますよ」

長生が、手のひらで、ぐいっ、と左のおしりをこすりあげた。いままでのマッサージと変わらない動き。ぐりっ、と手をひねられたら、筋肉がほぐれる。

「うわあ、ホントに凝るんですね」

旭希はびっくりして、声をあげた。おしりのマッサージも、やっぱり、痛みと気持ちよさが混ざる。

「はい。そうなんですよ。ここも筋肉ですから。ほっとくと凝ります」

「ここをほぐすようなストレッチって…」

「ないですねえ」

長生が苦笑している。

「ここは、マッサージしてもらわないと無理です」

「そうですか…」

それは残念。ちょっと足が楽になってきているのに。

肩が凝ったときに、自分で揉むことはあっても、さすがに、おしりはやらない。あ、そうか、やればいいいんだ。そしたら、凝りはほぐれる。

右に移って、おんなじようにほぐされる。しばらくたつと、長生は手を止めた。

「ちょっと起きてみてください」

長生に言われて、旭希は起き上がる。

「ああ、床にです。で、そのまま、歩いてください」

「うわっ」

旭希は驚いた。足を出すのが軽い。

「どうですか？」

「すごいです！」

ていうか、長生がすごい！　なんで、こんなにちゃんとマッサージができるわけ？　本格的に習ったんだろうか。

「それでは、もっとすごいことをしましょう。少し痛いですけど、リンパを流します。おしりから足の付け根にかけて、全体をほぐしますので、申し訳ないですが、ズボンを脱いでください」

「え、脱ぐんですか？」

マッサージしやすいように、と長生が貸してくれたのは、薄手《うすで》で伸縮性《しんしゅくせい》のある生地《きじ》のズボン。

かなり、ぴっちりしている。このままでも、特に問題はなさそうだけど。

「はい。そのほうが効果が出ます。直接触ると肌を痛めますので、やわらかい布を間に置きますから、そこはご安心ください」

「…はあ」

心配するのは、そこじゃない気がするんだけど。でも、もっと楽になるのなら、やってもらいたい。

「わかりました」

旭希はうなずいて、すばやくズボンを脱いだ。こういうことは、さっさとしたほうがいい。恥ずかしがっていると、変な雰囲気《ふんいき》になりそうだ。

「また、うつぶせで」

「はい」

横たわるとすぐに、おしりに布をかけられた。やわらかい肌触りのもの。これなら、肌を傷つけることはない。

「痛いですよ」

長生は断りを入れて、足のつけねを、ぐーっ、と親指で押した。

「いたーっ！」

体が自然に跳《は》ねて、足が勝手に曲がり、長生を蹴《け》りそうになる。目の奥が痛んで、じんわり涙《なみだ》が出てきた。

「リンパが流れれば、痛みは消えますから。もう少し我慢してくださいね」

押されるたびに、おなじぐらいの痛みが走る。

「あのっ…ちょっと…痛すぎるんですけどっ…」

「運動してないですからねえ。リンパを流すのに、時間がかかりそうです」

おしりから足の付け根までを、グーにした手でこすられた。それだと、そんなに痛くない。むしろ気持ちいい。

「さっきよりも弱くやりますね」

長生は両足の付け根に指を置いた。またあの痛みが襲ってくるのかと身構えたら、それで、付け根をなぞられる。今度は、力が入ってなさすぎて、くすぐったい。

「もっと強くても平気です」

「あ、そうですか」

長生は指に力を入れると、ぐっ、ぐっ、と付け根を押した。

「まだまだですね。ちょっと上下にこすります。布越しにやると肌にすれますので、手にオイルをつけて直接触れますね。ラベンダーオイルが老廃物《ろうはいぶつ》を流してくれるので、それを使いたいのですが、アレルギーとかありますか?」

「ないと思います」

というか、ラベンダーオイルを使ったことがない。

「そうですか。それでは、少し多めにつけます。いきますよ」

ぬるり、とした指の感触が付け根に触れて、それがさっきまでとは比べものにならないぐらい、大きく上下に動きだした。リンパを流すように、両手の指が交互に動いている。力加減もちょうどよくて、気持ちいい。

うとうとしかけたところで、違和感に気づいた。最初は何かわからなくて。ふと、振り向いて、旭希は目を見開く。

下着がおろされていたのだ。

「あ…あのっ…」

旭希は口をぱくぱくさせた。何を質問していいのか、それすらわからない。

「どうしましたか?」

長生はにっこりと笑う。

「痛いですか?」

「いえ、あの…その…パンツが…」

「ああ」

長生は平然としている。

「オイルがつくと困るでしょうから、下げさせていただきました」

まあ、そうだけどさ! 最初に断ってくれないと、びっくりするよ!

「もうすぐ終わりますから」

笑顔で言われると、旭希も強くでられない。さっき、足が軽くなったのと、いまの気持ちよさで、まあ、いいか、と思ってしまった。

もとの体勢に戻ると、長生の手の動きが、いっそう大きく、すばやくなる。

「あ、すみません、滑《すべ》りました」

つるっ、という感じで手が滑って、すぽん、と上に抜けた。そのときに、かすかに蕾《つぼみ》に指が触れる。

あっ、と思ったけど、いまのは勢いがついていたから、ただの偶然《ぐうぜん》だろう。

「気にしないでください。いちいち謝らなくていいですよ。おまかせします」

「そう言っていただけると、ありがたいです。おしりのほうも、オイルで揉みほぐしますね」

いままでは両手で付け根をマッサージしていたのが、片方が付け根、もう片方を付け根の反対側のおしりに当てて、左右に開くように、ぐいっ、と引っ張り始めた。これはこれで、かなり気持ちいい。

しばらくそうやられているうちに、おしりを揉んでいる長生の手が、だんだん深く潜《もぐ》り込むようになった。すべてをあらわにするぐらい勢いよく引っ張られて、そこに付け根をさすっていた指がちょうど当たる。

入り口をかすめられて、つぎは、付け根とおなじ勢いでこすられて、おしりを揉んでいるほうの指もそこをつつく。

これは意図的だ。絶対に、そう。

ここは断固《だんこ》とした態度をとらないと！

「肛門《こうもん》付近も凝ってますので、揉んでおきますね」

やめてください、と言う前に、先手を打たれた。ぎゅっ、ぎゅっ、と蕾を揉みこまれる。

「やっ……」

旭希の唇《くちびる》から、甘い吐息《といき》がこぼれた。この二週間で中をいじられることに慣れたどころか、感じるようになってしまった。長生の指の動きに、体の奥からしびれに似た感覚が襲ってくる。

「痛くはないですよね？」

そういう問題じゃない。なのに、口を開くと、またあえいでしまいそうで。旭希は必死に唇を噛《か》んだ。

「ここをほぐすことで、全体がゆるむんですよ」

長生は、入り口を指で開いたり、閉じたりする。それにあわせるようにか、逆らうようにか、蕾がうごめき始めた。

「中の粘膜《ねんまく》も見てみますね」

長生は、ぐいっ、と大きく蕾を左右に開いて、入り口の粘膜を露出《ろしゅつ》させる。

「ああ、ピンクできれいです。これなら、健康のほうも問題ないでしょう」

つーっ、と指で粘膜をなぞられて、旭希の体が、びくびくっ、と震えた。

「おや、どうしたんですか？」

「なんでもっ…ないで…んっ…んんっ…」

「そうですか？　震えてますけど」

長生は、ぐるり、ぐるり、と粘膜をなぞる。

「あのっ…指をっ…」

「ああ、すみません」

長生は蕾を開いていたほうの指を離した。そうすると、当然のことながら、粘膜に触れていた指は、中に入ってしまう。

「やぁっ…」

旭希は体をのけぞらせた。すぐに抜いてくれるのかと待っていたら、長生の指は、もっと奥に入っていく。

「ここをほぐすと、リラクゼーション効果があるんですよ」

長生は、指を、ぐるり、と回して、内壁をなぞった。指を抜き差しされて、旭希はぎゅっとマッサージ台を押さえる。

感じてなんか、ない。こんなの、気持ちよくない。

なのに。

「あっ…あぁん…」

唇からは、勝手にあえぎがこぼれる。

「もうリラックスしたみたいですね」

長生の指が一本増えて、中を自由自在にかき回した。ぐちゅ、ぐちゅ、と濡《ぬ》れた音は、オイルだろうか。

「もっとほぐしましょう」

ぎしっ、と音がして、何かと思って振り返ると、長生がマッサージ台にあがっていた。くっ、と指で上部を押さえられて、それにあわせるように旭希の腰が浮く。膝をついている状態になったところで、長生がその間に割り込んできた。

「指じゃ届かないところも、きちんとしてあげますよ」

長生の指が抜かれる。ああ、終わったのか、とほっとしていたら、別の何かが入り口に当たった。

ぱっと、すごい勢いで振り返ると、長生のものがそこに当てられている。

それが何を意味しているのか、わからないほど鈍くはない。

貫《つらぬ》かれる。

そう思った瞬間、ものすごい声で叫《さけ》んでいた。

「いやだーっ！」

ずっと、望んできた。

その日が来ればいい、と願っていた。

でも、ちがう。

旭希が求めたのは、こんなふうに抱かれることじゃない。セクハラの検証のついでに、なんの意味もなく体を重ねることを、頭も体も全力で拒《こば》んでいる。

「やだっ！　それは無理っ！　セクハラだよっ！　これ、完全にセクハラだから、もう終わろう！」

涙がこぼれそうだった。

長生は自分のことを、なんとも思ってない。それどころか、友達としてすら大切にしてくれていない。

そう思い知らされたから。

だって、これから先も友達でいたいなら、こんなことしない。

このあとやられたらしいぞ。ひどいな。

言葉で説明してくれていいはずだ。

どうでもいいから、抱けるのだ。旭希がどう感じるかも考えず、傷つくかもしれないとか想像もしないで、自分の会社を大きくすることしか頭にないから、レポートそのままに、中に入れようとした。

もう、おしまい。

何もかも、おしまい。

これ以上、最悪なことなんてない。

悲しくて、苦しくて、つらくて。

本当に、泣きそうだ。

「はあ？」

長生が不機嫌そうに顔をしかめる。

「おまえ、なに勝手に終わらせてんの？　検証だって言ってんだろ」

「だから、セクハラだって言ったでしょ！　ぼく、帰る！」

ここにいたくない。長生の顔も見たくない。

好きだった。本気で恋をしていた。

応《こた》えてもらえるなんて思ってなかったけど。

それでも、友達としては大事にされてるとうぬぼれていた。

でも、ちがったなんて。

友達でもなかったなんて。

「ざけんなよ」

長生の声が低くなった。怒ってるときの特徴《とくちょう》だ。普段なら、ああ、ごめんね、と笑って謝るところだけれど。

今回だけは折れない。

「ふざけてんのは、どっちだよ！」

旭希は怒鳴り返す。

「ありえないでしょ⁉　いくら、レポートどおりにやるっていっても、そこまでするなんて！おかしいよ、絶対に！」

「うっせえな」

長生は吐き捨てるように言った。

「おまえは、おとなしくやられときゃいいんだよ」

長生は、ふん、と鼻で笑う。

「俺のことが好きなくせに」

目の前が真っ暗になる、というのは、比喩《ひゆ》でもなんでもないんだ、とその瞬間、思い知った。音も景色も、なにもかも消え失《う》せて。

ただ、暗闇だけが残っていた。


「ごめん、ごめん、ごめん、ごめん！」

どのくらい呆然《ぼうぜん》としていたのか。遠ざかっていた感覚が戻ってくると、長生が土下座《どげざ》しながら、ごめん、と繰《く》り返《かえ》していた。

ああ、もう本当に終わりなんだな。

旭希は、なんの感情も湧《わ》かないまま、そう思う。

旭希の気持ちを知っていた。知っていて、利用した。

そんな卑怯《ひきょう》な男を、十年以上もずっと好きでいた。

バカみたい。

旭希は心の中でつぶやく。

本当にバカみたい。

「…いつから？」

自分の声が、ものすごく平坦《へいたん》だ。その質問にも答えてほしいのかどうか、よくわからない。

「旭希!?　大丈夫か!?」

旭希は笑いだしたくなる。

大丈夫なわけがない。自分で爆弾《ばくだん》を落としておいて、なんで、そんなことを聞くんだろう。

「ねえ、いつから？」

「何がだ？」

長生は不安そうな表情で、旭希を見ていた。旭希はそれを見ても、大変だね、とか、困ってるね、とか、ちっとも思えない。

こうなるとわかってて言ったんだよね？　だったら、責任持ちなよ。

冷たく、そう告げてやりたい。

「いつから、ぼくが長生のこと好きだって知ってたの？」

「高校ぐらい」

「へえ」

結構、長い間、バカにされてたんだなあ。

そう思っても、感情は波立たない。心がからっぽになったみたいに、何も感じない。

こいつ、俺のこと好きなんだよな。だから、なんでも言うこと聞くに決まってる。よし、いろいろ無理難題《むりなんだい》をふっかけてやれ。

ずっと、そんな気持ちでいた？

必死だったのに。

ばれないように。友達でいられるように。

ただ、それだけを願っていたのに。

自分のことを好きだと気づいておきながら、何年も友達のふりをして、都合のいいときだけ近寄ってきて。

最低の人間。好きになる価値なんてない。

でも、悲しいことに、恋をしていた期間が長すぎて、きらいになり方がわからない。

しばらくすれば、自然と憎《にく》めるだろうか。

こんなひどいことをされて、それ相応の感情を持つことができるだろうか。

いますぐ消えたいなあ。

手品みたいに、そんなことを考える。

ふいに、だれかが、パチン、と指を鳴らしたら、この場からいなくなって、この世からもいなくなれればいいのに。

「俺が旭希を好きになったときに、ああ、そうか、って気づいた」

「ふーん」

そっか、そっか。長生がぼくを好きになったとき…。

「…はあ？」

ものすごく遠かった景色や音が、急に全部、戻ってきた。

「なに言ってんの？」

ああ、わかった。これが怒りだ。

「ふざけないでよ。冗談でも言っていいことと悪いことがあるんだよ。長生が、ぼくを好き？　そんなこと、あるわけないでしょ。だいたいさ、いつも彼女がいて、その彼女と仲良くて、キスとかセックスとか、たくさんしてて、なのに、ぼくが好きとか、そんなの認めない。ぼくはね、長生が好きだったから、だれともつきあってこなかったし、長生だけを見てきた。なのに、あんなに彼女をとっかえひっかえしてて、だれがだれのことを好きだって⁉」

あまりにも一気に言葉を発したから、最後は息が切れてしまった。だけど、言いたいことはすべて口にできたからいい。

「抵抗してた」

「何に⁉」

「旭希を好きだって気持ちに。だって、俺が気づかないふりをしてりゃ、ずっと友達でいられる。そうしたら、一生、旭希とつきあっていける。けど、俺が、まかりまちがって、認めてしまったとして。で、俺のことだから、我慢できなくなって、旭希に告《こく》ったら」

まかりまちがって。

その言葉が、胸に突き刺さる。

まちがいなんかじゃない。ちゃんと好きになった。きちんと恋をした。

逃げることも、気持ちにあらがうことも許されない、正真正銘《しょうしんしょうめい》の恋だった。

なのに、長生は平気で言うのだ。

まかりまちがって。

そんなの、恋じゃない。

長生は、旭希のことなんて好きじゃない。

「旭希は受け入れてくれて、俺らは恋人になる。けどさ、それって、いつか終わるだろ」

終わらない恋もある。それに、もし終わったとしても、両想いだった期間があるなら、後悔なんてない。

精一杯《せいいっぱい》、恋をした。だけど、ダメだった。

それは、満足のいく結果だ。

「終わりたくない。いつもそばにいてほしい。それには友達しかない。そう考えた。そのときは、それがベストだと確信してた。けど、十年近くも恋してるとさ、もしかしたら、って思うんだよな」

長生は微笑む。いつも魅了《みりょう》されていたその笑顔に、ちっとも心が動かない。

ああ、恋は終わったんだ。

旭希は静かな気持ちで、そう思う。

長い長い片想いが、いま、ようやく終焉《しゅうえん》を迎えた。

これでいい。

友達でもいられなくなるけど。

それがいい。

「こんなにずっと好きなんだから、もしかしたら、別れなくてもいいのかもしれない。友達じゃなくて、恋人としてそばにいてもらえるかもしれない。そんなときに、あのセクハラのやつが来て。レポート読んだとき、もちろん、憤《いきどお》りはあったし、どうにかしてやりたいと真剣に考えた。それはウソじゃない。けど」

長生は苦笑した。

「俺も、こんなこと、旭希にしてみてえな、って思った。そしたら、旭希はどんな反応するかな。かわいくあえぐんだろうか。いやだって泣くんだろうか。想像してるうちに、たまらなくなって。断られたら、それはそれでしょうがない、って軽い気持ちで、あの話をもちかけたんだよ。検証しなくたって、セクハラなのはわかりきってたからな」

「…だましたんだ」

旭希は、ぽつんとつぶやく。

旭希が長生のことを好きだと知ってて、黙《だま》っていた。

それだけでも、ひどい裏切りなのに。

セクハラしたかったから、検証に協力させた。

こんな、とんでもない話があるだろうか。

「賭《か》けた」

長生は真剣な表情になった。

「旭希がいやがるのかどうか、見たかった。旭希の好きは、俺とおんなじような好きなのか。それとも、ただ、かっこいい、あこがれの同級生、みたいな気持ちなのか」

自分のことを、臆面《おくめん》もなくそう言える。そんなところが、大好きだった。

ううん、きっと、いまでも大好き。

「ずっと、そこを悩《なや》んでて。でも、俺とおなじく、きちんと性欲をともなった恋をしてくれてることに賭けた。あと、計算ちがいがひとつ」

長生はにこっと笑う。

「俺が考えてた以上に、旭希は鈍かったってこと。普通はさ、好きでもないやつに、あんなことしないっての。指入れられた時点で気づくだろう、と思ってたのに。これも検証だからしょうがない、って考えるとは。ホント、予想外」

「だって、協力してって言ったじゃん」

旭希は、ふてくされながら答えた。

「だから、おとなしく従ったんでしょ。ぼくが悪いみたいに言わないでよ」

「旭希は悪くない」

長生は、じっと旭希を見る。いつも、からめとられるみたいだった、その視線。

でも、いまは…あれ、変なの。やっぱり、目が離せなくなる。

「全部、俺が悪い。卑怯なやり方で、引っ込みつかなくなって、じゃあ、セクハラにかこつけてでもいいか、やりゃ、さすがにわかるだろ、とか考えた、俺が全部悪い」

「そうだよ」

旭希の中に、ふつふつと怒りが湧きおこってきた。さっきまで、何も感じなかった心に、長生に言ってやりたいことがあふれてくる。

「ホントだよ！　まずは告白して、おたがいの気持ちをわかりあって、おつきあいするようになって、デートして、最初は手をつなぐところから始まって、キスするようになって、最後にセックスするものなのに、なんで、全部すっとばして、セックスだけしようとすんだよ！　バカじゃないの！」

何か投げつけてやろうとしたのに、手近に何もない。

「殴《なぐ》る？」

長生は目をそらさずに、旭希を見つめている。

「よけないから、好きなだけ殴っていいぞ」

「そんなことしないよっ！　手が痛くなるだけだし、暴力《ぼうりょく》はふるわないって決めてるから！」

むかつく！　ホントにむかつくーっ！

この二週間は、なんだったわけ⁉　仕事を終えて、ここに駆けつけていた。セクハラ行為を延々とされていた。

その時間を返せーっ！

「じゃあ、許すか？」

「はあ？」

旭希は思い切り顔をしかめる。

「なに言ってんの⁉　許すわけないでしょ！」

「んーと、じゃあ、いつまで怒ってるのか、教えとけ。そのころ、連絡する」

「一生許さないよっ！　当たり前でしょ！」

なんで、許してもらえると思ってんの⁉

「いいか。おまえは俺が好きなんだ」

「好きじゃないよっ！」

好きだけど、好きじゃないことにする。認めてなんか、やらない。

「で、俺もおまえが好き」

長生は、旭希の言葉なんか聞こえなかったかのように、平然とつづけた。

「つまりは、両想いなわけだ。それに気づけば、そのうち許す。いまは、すっげー怒ってても、絶対に許す。旭希、そういうやつだからな」

「許さないっ！」

ああ、やっぱり、殴っておけばよかった。暴力をふるわない、とか、きれいごと言うんじゃなかった。

「いらついて、あんなふうにばらした俺が悪かった」

長生は神妙《しんみょう》な様子になる。

「旭希を傷つけた。すっごいすっごい傷つけた。それはわかってる。だから、しばらくは怒ってててくれてていいけど。気がすんだら、許してほしい。勝手な言い草だけど、俺、旭希のことが好きだから。今日のつづきをちゃんとやりたい。あ、ちがうな」

長生は、首を振った。

「つづきとかじゃなくて。最初から、きちんとやり直したい」

無理だよ、とか、もう好きじゃない、とか、意地を張って投げつけてやりたい言葉はたくさんあったけど。

そっか、傷ついたんだ、ぼく。

そればかりが、頭をぐるぐる回る。

ものすごく傷ついたから、防衛本能《ぼうえいほんのう》で何も感じないようになってたのか。それがとけて、怒りがやってきたのは、もう傷が治ったわけじゃなくて。

ぽつり、と涙がこぼれた。一粒《ひとつぶ》流れたら、もうダメで。つぎからつぎへと、涙があふれてくる。

「ひどいよー！」

子供みたいに、わんわん泣きわめきたかった。

だから、そうする。

「ぼく…ずっと、気づかれないようにがんばってたのに！　ちょっとむかついたからって、あんな言い方で、ぼくをどん底につき落として！　長生がひどいよー！」

だれかに訴えかけるみたいに。涙をこぼしながら、大声で叫ぶ。

「あげくのはてに、俺も好きだった、とか言えば、許してもらえると思ってる。そんなわけないのに！　ぼくの心は、もうズタズタなのに。ひどいよー！」

「うん、ひどいな」

長生の手が伸びてきて、ぽん、ぽん、と旭希の頭を撫でた。

「ホント、ひどいやつだな。どうしてやりたい？」

「殴る」

「殴っていい、って言っただろ」

「いやだ。手が痛くなる」

「じゃあ、殴るな」

「だめ。殴りたい」

「好きにしろ」

「だったら、殴らない」

「なんなんだ」

長生は、ぷっと吹き出す。

「この、わがままっこめ」

「わがままって言われたーっ！　ひどいー！　長生みたいなろくでなしに、わがまま呼ばわりされたー！」

「あー、はいはい」

長生は、旭希をそっと抱き寄せた。旭希も抵抗せずに、その胸に頭をもたせかける。

「全部、俺が悪い。旭希の気がすむまで、謝って、殴られて、わがままにつきあうから。だから、俺の恋人になれ」

「命令すんなーっ！」

旭希は、ぽかぽかぽかぽか、と長生の胸をたたいた。これぐらいなら、暴力に入らないと勝手に決める。

「じゃあ、旭希が命令していいぞ。俺に、何させたい？」

時間を巻き戻してもらって、父親が、喫茶店をやりたい、って言い出したときに大反対したい。そうすれば、長生と出会わなかった。

出会わなければ、こんなに胸が苦しかったり、痛かったり、つらかったり、傷ついたり、泣きわめいたりしなくてすんだ。

こんなにこんなに、好きにならずにすんだ。

でも。

旭希の頭の中のどこかから、そんな声がする。

それでいいの？　本当に、出会わないままでいいの？　こんなに真剣な恋を知らずにいていいの？　全部、捨ててしまっていいの？

だめ。そんなの、だめ。

長生を好きでいた期間、楽しいことばかりじゃなかった。いつだって、苦しんでいた。

絶対に自分に振り向かない人。

そうだと信じていたから。

セクハラ検証でもいいから、触れてほしい。ウソでいいから、エッチなことしてほしい。

旭希だって、そう考えた。長生と、何も変わらない。

先に動いたのが長生で、受け入れたのが旭希。

ただ、それだけだ。

「なんでもするから、言ってくれ」

「キスして」

それで、何かわかるかもしれない。いまの自分のもやもやも、どこかにいってしまうかもしれない。

そうじゃなくて、本当に恋が終わったんだ、と気づくかもしれない。

どっちでもいい。

頭がぐちゃぐちゃになっている、この状況を抜け出せるのなら。

たとえ、恋じゃなくなったとしても、それでいい。

長生は旭希の顔を上向かせて、そっと頰《ほお》を両手で挟《はさ》んだ。にこっと笑って、顔を近づけてくる。

どくん、と心臓が跳ねた。どくん、どくん、どくん、と鼓動《こどう》は速くなっていく。

ちゅっ。

触れるだけのキスだった。なのに、火花が散ったみたいに、唇が熱くなった。それに驚いて、旭希は目を開ける。

長生は、どう感じているのだろう。

「なあ、いま…」

長生はとまどっているように見えた。

「唇、火傷《やけど》したみたいに熱くなったけど…なんだ、これ」

長生は不思議そうに、自分の唇を触っている。

ああ、おんなじだ。

旭希の目から、また涙がこぼれた。今度は、それと一緒に笑《え》みも浮かぶ。

きっと、変な顔になっている。でも、かまわない。

大事なことがわかったから。

旭希は何も言わずに、自分から口づけた。やっぱり、ちょっと、ぱちっとして、でも、すぐにやわらかく吸《す》いつく。

まるで、自分のためにつくられたみたいに、長生の唇がぴったりくっついていて。

それが、本当に嬉しくて、幸せで。

もう、いいか、と思った。

傷ついたり、泣いたり、怒ったり。

ずっと、そうしていたい気もしたけど。長生を困らせるためだけに、恋を認めなくてもいいと考えたけど。

そんなバカみたいなことしなくていい。

答えは、ここにある。

キスをした唇が、すべて教えてくれている。

旭希は唇を離して、微笑んだ。

「セクハラしないなら、つづきしてもいいよ」

長生は旭希ほど鈍くなかった。ぱっと顔をほころばせて、旭希をぎゅっと抱きしめる。

「好きだよ」

「うん、ぼくも好き」

言葉にすれば、たったこれだけ。

でも、そのために回り道をして、しつづけて、ようやく、いまたどりついた。

「あんなセクハラなんて、長生じゃなきゃさせない」

「俺も、旭希にしかしない」

うん、たしかに、長生の言うとおり、旭希は鈍い。

そうだよね。好きじゃなきゃ、しないよね。

そのことに、やっと気づいた。

だって、自分がそうだったんだから。

好きだから許した。

長生だから、触れられるたびに体が熱くなった。

いくら検証とはいえ、魅力も感じてない相手に勃《た》つはずもないし、入れようとするわけもない。

そんな単純なことを忘れていた。

「じゃあ、いまからして？」

旭希はにこっと笑う。

その目から、すーっ、と涙が落ちた。

幸せな涙が。

甘い甘い、涙が。


「あっ…んっ…やぁっ…」

旭希は、ぶんぶん、と首を振った。

「これ、ずっとしたかった」

長生が左の乳首を舐《な》めながら、言う。

「ぷくん、ととがったおいしそうな乳首を目の前にして、いじるだけで我慢してた俺をほめろ」

「そんなのっ…知らなっ…あぁん…」

ちろちろ、と乳頭をくすぐられ、旭希の体が跳ねた。

「旭希ってさ、もともと乳首弱ぇの？　それとも、俺が開発した？」

「…内緒」

「ふーん。てことは、もとから弱いんだな」

ああ、もう、ホントに！　これだから、つきあいの長い相手はいやなんだ。隠しごとができない。

「こうやってつままれたら、どんな感じ？」

長生は、右側を指で、くりっ、と軽くひねる。

「やっ…だめぇ…」

旭希は、びくん、と身を震わせた。

「気持ちいい？」

「気持ちいっ…」

旭希は素直に答える。隠しても、どうせ暴《あば》かれるのだ。

「どのくらい？」

「体の奥が、じんっ、ってなるの…そのぐらいっ…気持ちいいっ…」

「うわ、エロいな」

長生は目を細めた。

「セクハラしてるときも、すっげーエロいと思ってたけど。ちゃんと旭希として向き合ったほうが、何倍もエロい」

「エロいって、連呼《れんこ》しないでよ！」

恥ずかしすぎる！

「えー、だって、エロいし。乳首もさ、豆粒みたいじゃなくて、ちゃんと、ぷくん、ってなるじゃん？　あれがさー、あんまりにも俺好みで、もう、ずっと触ってたくて。だから、今日は、乳首が腫《は》れるぐらい、いじりたおしてやる」

「やだぁ…」

旭希は訴えるように、長生を見る。

「意地悪《いじわる》…しちゃ…やだ…」

「かわいい」

長生は、ちゅっ、と旭希にキスをした。

「だから、もっと意地悪しよっと。さっき、俺がオイルで濡《ぬ》らして、指でやわらかくしたここ
とか、どうなってるかな」

長生は旭希の足を広げると、蕾をこする。

「やぁっ…」

旭希の体が、びくびくっ、と震えた。

「よし、まだ濡れてるな。中も…」

言葉と同時に、長生の指が入ってくる。ぬぷっ、と音を立てながら、ひっかかりもせずに、
どんどん奥に進んでいく。

「あっ…やっ…」

もう一本増やされて、それで、こしこし、と感じる部分をこすられた。旭希の内壁が、きゅ
う、と収縮《しゅうしゅく》する。

「んっ…だめっ…だめぇ…」

「そうか?」

長生はにやりと笑った。

「旭希の中は、もっと、って言ってるぞ」

ぐりっ、とえぐられて、旭希は長生にしがみつく。

「あぁっ…んっ…」

「やわらかいな」

長生は乳首を、ちゅう、と吸《す》いながら、つぶやいた。乳首も中も、どっちも気持ちいい。

「あったけえし、入れてぇな」

長生は旭希を見上げる。

「入れてもいいいか」

「…うん」

入れてほしい。あのときだって、そう思っていた。

でも、ダメだから。

役割としての長生は、いらないから。

だから、逃げた。必死だった。

いまは、受け入れていい。

感じるままに、素直に、欲しがっていい。

だって、ここにいるのは本物の長生だ。

ほかのだれかを演じていない、旭希がよく知っている長生なのだから。

「長生」

「ん？」

長生はやさしく聞き返す。その甘い声が、旭希の耳をやわらかく、くすぐった。

「出会ったときから、ずっと好きだったよ」

「俺は、途中からだけど。結構、長い間、好きだった。でも、認められなくて、ごめんな。いっぱい女とつきあって、旭希を悲しませた。もう、しない」

長生はにこっと笑う。

「ほかのだれかじゃダメだって気づいたから。これからは、旭希しか見ない」

「ありがとう」

悲しい思いをしたのは、旭希に勇気がなかったから。告白して砕《くだ》ける、それぐらいなら友達でいることを選んだから。

長生だけが悪いわけじゃない。

でも、そう言ってくれるのは嬉しい。

「大好き」

そっとささやいたら、長生が、俺も、と答えてくれる。

それが幸せ。

絶対に、こんなこと起こらないと思っていたのに。

まるで奇跡《きせき》だ。

「入れるぞ」

長生が指を引き抜いて、そっと入り口に当てた。入ってきたものは、指よりもはるかに大きくて。逃げそうになる体を、どうにか抑《おさ》える。

「痛いか？」

「わかんない…」

ただ、熱い。

「ゆっくりするから。痛かったら言え」

ぐっ、と一番太い部分まで入ってきた長生のものは、いったんまた後退して。ぬめりを広げるように、ちょっとずつ奥に埋《う》め込まれていく。

熱い、とずっと感じていた。痛みとか、これまでの長生に対する想いとか、いまこうやっていることの信じられなさとか、すべてを含《ふく》んだ熱さ。

すべてが収まったときには、涙がこぼれた。それを、長生がぬぐってくれる。

「痛いか」

「ううん…」

旭希は、にこっと笑った。

「幸せ」

「そっか」

長生は旭希の頬を撫でると、ゆるやかに動き始める。ぐちゅ、ぐちゅ、という音が、つながっていることを教えてくれていた。

「あっ…あっ…」

旭希は声をあげながら、体をくねらせる。内部から熱くなって、どうにかなってしまいそうだ。

「んっ…やぁっ…中っ…感じるっ…」

「かわいい」

長生は、ずん、と奥を突いた。旭希は、びくびくっ、と体を震わせながら、それをすべて受け入れる。

「あぁっ…いいっ…」

熱は強くなり、弱くなり、旭希の中に広がりつづける。体のすべてが性感帯みたいな感覚。

長生と触れ合っているところから、快感が送り込まれつづける。

「俺も、すげー気持ちいい」

長生が満足そうにつぶやいた。

「ようやく、旭希を抱けた」

「…うん」

旭希も、ようやく抱いてもらえた。

長生の動きが速くなり、打ちつける角度も深くなっていく。旭希は長生にしがみついて、その体温をずっと感じていた。

最後まで。

かすかにうめきながら、長生が、熱いものを旭希の中にこぼすまで。

ぴったりと、離れずに。

長生を、全身で感じていた。


「俺をセクハラで訴える？」

長生が旭希を抱きしめたまま、いたずらっぽく聞いてきた。

「訴えたいよね」

いろいろ、ひどいことされたし。

「でも、いまは恋人だからな。無理だな」

勝ち誇る長生に、旭希は、ふふん、といばる。

「恋人同士でもセクハラは成り立つんだよ」

「成り立たねえよ。成り立つのはレイプだろ」

「あ、そうだった！」

こないだ、テレビで見たばっかかなのに！　どうして、かんちがいしたんだろう。

「まあ、いいか。訴えてもダメみたいだから、許してあげるよ」

旭希は長生に、ちゅっ、とキスをした。

「それを気にしてたんでしょ」

許さない、を撤回《てっかい》していないこと。意地を張っただけだけど、たしかに、許す、とは言っていない。

「ばれた?」

「うん、ばれてる」

あ、そっか。

旭希は心の中でうなずいた。

長生が旭希のことを理解しているように、旭希だって、長生をよく知っている。友達として過ごした、長い月日。それが恋人に変わったところで、根本はおなじ。

たくさん話して、たまには険悪《けんあく》になって、すぐに仲直りして、そうやって一緒に歩いていく。

変化があるとすれば。

旭希は、ちゅっ、と音を立てて、長生の首筋《くびすじ》にキスをした。

こんなことができるぐらい。

「お、二回戦やるか」

「…元気だね」

旭希は、もうしばらく、ぼーっとしていたい。

「それは、了解の返事だな」

がばっと覆《おお》いかぶさられて、旭希は長生を押し返した。

「ちょっ…ちがうってわかってるでしょ！」

「いやー、わかんねえな。旭希は恥ずかしがりやだからなあ。口じゃ、いや、って言うだろ」

「長生！　ずるいよっ！」

旭希の反応を知っていながら、逆に解釈《かいしゃく》するなんて！

「聞こえなーい」

「長生っ！」

わめいたら、キスで唇をふさがれる。

「まあまあ」

長生はにやっと笑った。

「仲良くしようぜ」

「ずるいってば！」

そんなこと言われたら、断れない。

もう一度キスをされて、旭希はあきらめた。長生には、勝てたためしがないのだ。

深くなるキスに、うっとりと酔《よ》いながら。

まあ、いいか、と幸せな気持ちで思った。

恋人のわがままぐらい、きいてあげないとね。
そう、恋人。
大好きで、ようやく手に入れた、大事な恋人。

自分じゃないだれかとして抱かれるのは、いやだった。
だから、拒んだ。
偽物《にせもの》なんて、いらないから。
でも、そうじゃなかった。
ずっと、本物だった。
最初から最後まで。
手にしていたのは、きらきら輝く宝石のようなもの。
恋をする気持ち。
本当の宝物。

あとがき

はじめまして、または、こんにちは。森本《もりもと》あきです。

さて、今回もあとがきが一ページ！「一ページでいいよね」と、さらっと言った担当さんは、きっと、私の負担を減らしてくれようとしたのにちがいない。親切心からの申し出であって、たくさんページをやったら、あいつ、何を書くかわかんないからねえ、とか、思われて…るな、きっと。

まあ、あれですよ。あとがきで高らかに表明したいのは、セクハラが書きたかったので、思い切り書きました！　だけなので。もう気がすみました（笑）。

よし、恒例、感謝のお時間！

挿絵はお初となります、卍《まんじ》スミコ先生！　最初、キャララフを見せていただいたときに、この方にしてください！　と頼んだぐらい、素敵な絵でした。これからも長いおつきあいになるといいなあ。

担当さんには、いつも感謝してます。ホントです！　今後もよろしくお願いします。

次回は、来年ぐらいに何か出ると思います。

そのときにまた、お会いしましょう！

Lovers Label

いけないセクハラ講座

ラヴァーズ文庫をお買い上げいただき
ありがとうございます。
この作品を読んでのご意見・ご感想を
お聞かせください。
あて先は下記の通りです。

〒102－0072
東京都千代田区飯田橋2-7-3
(株)竹書房 ラヴァーズ文庫編集部
森本あき先生係
卍 スミコ先生係

2012年8月1日
初版第1刷発行

●著　者
森本あき ©AKI MORIMOTO
●イラスト
卍 スミコ ©SUMIKO MANJI

●発行者　牧村康正
●発行所　株式会社　竹書房
〒102－0072
東京都千代田区飯田橋2-7-3
電話　03(3264)1576(代表)
　　　03(3234)6246(編集部)
振替　00170-2-179210
●ホームページ
http://www.takeshobo.co.jp

●印刷所　株式会社テンプリント
●本文デザイン　Creative·Sano·Japan

落丁・乱丁の場合は当社にてお取りかえいたします。
定価はカバーに表示してあります。
Printed in Japan

ISBN 978-4-8124-9020-4　C 0193